LA TRAVERSÉE DU MALHEUR

DU MÊME AUTEUR

ROMANS, RÉCITS ET CONTES

CONTES POUR BUVEURS ATTARDÉS, Éditions du Jour, 1966 ; BQ, 1996.
LA CITÉ DANS L'ŒUF, Éditions du Jour, 1969 ; BQ, 1997.
C'T'À TON TOUR, LAURA CADIEUX, Éditions du Jour, 1973 ; BQ, 1997.
LE CŒUR DÉCOUVERT, Leméac, 1986 ; Babel, 1995.
LES VUES ANIMÉES, Leméac, 1990 ; Babel, 1999.
DOUZE COUPS DE THÉÂTRE, Leméac, 1992 ; Babel, 1997.
LE CŒUR ÉCLATÉ, Leméac, 1993 ; Babel, 1995.
UN ANGE CORNU AVEC DES AILES DE TÔLE, Leméac / Actes Sud, 1994 ;
   Babel, 1996 ; Nomades, 2015.
LA NUIT DES PRINCES CHARMANTS, Leméac / Actes Sud, 1995 ; Babel,
   2000 ; Babel J, 2006.
QUARANTE-QUATRE MINUTES, QUARANTE-QUATRE SECONDES,
   Leméac / Actes Sud, 1997.
HOTEL BRISTOL NEW YORK, N.Y., Leméac / Actes Sud, 1999.
L'HOMME QUI ENTENDAIT SIFFLER UNE BOUILLOIRE, Leméac / Actes Sud,
   2001.
BONBONS ASSORTIS, Leméac / Actes Sud, 2002 ; Babel, 2010 ; Nomades,
   2015.
LE CAHIER NOIR, Leméac / Actes Sud, 2003.
LE CAHIER ROUGE, Leméac / Actes Sud, 2004.
LE CAHIER BLEU, Leméac / Actes Sud, 2005.
LE GAY SAVOIR, Leméac / Actes Sud, coll. « Thesaurus », 2005.
LE TROU DANS LE MUR, Leméac / Actes Sud, 2006.
LA TRAVERSÉE DU CONTINENT, Leméac / Actes Sud, 2007 ; Babel, 2014.
LA TRAVERSÉE DE LA VILLE, Leméac / Actes Sud, 2008.
LA TRAVERSÉE DES SENTIMENTS, Leméac / Actes Sud, 2009 ; Babel, 2014.
LE PASSAGE OBLIGÉ, Leméac / Actes Sud, 2010.
LA GRANDE MÊLÉE, Leméac / Actes Sud, 2011.
AU HASARD LA CHANCE, Leméac / Actes Sud, 2012.
LES CLEFS DU PARADISE, Leméac / Actes Sud, 2013.
SURVIVRE ! SURVIVRE !, Leméac / Actes Sud, 2014.

CHRONIQUES DU PLATEAU-MONT-ROYAL

LA GROSSE FEMME D'À CÔTÉ EST ENCEINTE, Leméac, 1978 ; Babel, 1995.
THÉRÈSE ET PIERRETTE À L'ÉCOLE DES SAINTS-ANGES, Leméac, 1980 ;
   Grasset, 1983 ; Babel, 1995.
LA DUCHESSE ET LE ROTURIER, Leméac, 1982 ; Grasset, 1984 ; BQ, 1992.
DES NOUVELLES D'ÉDOUARD, Leméac, 1984 ; Babel, 1997.
LE PREMIER QUARTIER DE LA LUNE, Leméac, 1989 ; Babel, 1999.
UN OBJET DE BEAUTÉ, Leméac / Actes Sud, 1997 ; Babel, 2011.
CHRONIQUES DU PLATEAU-MONT-ROYAL, Leméac / Actes Sud,
   coll. « Thesaurus », 2000.

MICHEL TREMBLAY

La Diaspora des Desrosiers

IX

La Traversée du malheur

roman

LEMÉAC / ACTES SUD

Leméac Éditeur remercie le Conseil des arts du Canada, la Société de développement des entreprises culturelles du Québec (SODEC) et le Programme de crédit d'impôt pour l'édition de livres du Québec (Gestion SODEC) du soutien accordé à son programme de publication.

Financé par le gouvernement du Canada | **Canadä**
Funded by the government of Canada

© LEMÉAC ÉDITEUR, 2015
ISBN 978-2-7609-1283-0

© ACTES SUD, 2015
pour la France, la Belgique et la Suisse
ISBN 978-2-330-05983-5

Ce dernier tour de piste pour tous ceux que j'aime.
Je n'ai pas besoin de les nommer, ils savent qui ils sont.

Il n'y a pas de quiétude sans cris de douleur,
pas de pardon sans que du sang soit versé,
pas d'acceptation qui n'ait connu de perte brûlante.

HARUKI MURAKAMI

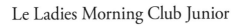

Le Ladies Morning Club Junior

Montréal, avril 1941

Ce n'est pas de la musique. C'est du bruit. Un mur de notes discordantes sans queue ni tête, une bouillie sonore informe et agressante, une innommable cacophonie qui n'existe ni pour plaire ni pour signifier quoi que ce soit. Ça galope dans l'appartement, ça se cogne aux fenêtres fermées malgré la chaleur de cette fin d'avril, comme pour s'évader de soi-même parce que ça ne peut plus s'endurer. Quand ça revient en écho dans le salon, ça se frappe à un autre tumulte tout aussi rebutant et ça s'y mêle, peut-être pour le gonfler, peut-être pour le combattre. C'est laid, c'est pire que discordant, et on dirait que c'est fier de l'être. Il y a de l'arrogance et de la provocation dans cette musique qui n'en est pas une.

En fait, tout ça est l'expression de la frustration, du courroux des musiciens – si on peut les appeler ainsi – qui l'exécutent comme si leur vie en dépendait et, dans le cas du plus sérieux des trois, du plus concentré, de son indignation.

Ils sont donc trois.

Le plus gros, et sans doute le plus vieux, blond aux yeux bleus, mou de partout et d'habitude plutôt jovial, souffle à s'époumoner dans un cor tout rouillé parce que jamais entretenu, héritage d'un grand-père qui a fait les beaux jours d'une quelconque fanfare et qui a abandonné son instrument, en l'oubliant aussitôt, le jour où le premier kiosque à musique du parc La Fontaine a été démoli. Protestation ou résignation, personne ne l'a jamais su. Le soi-disant musicien du dimanche l'a donc trouvé un jour de ménage de printemps, disgracieux et déglingué, et l'a aussitôt adopté parce que – beau hasard – on venait justement de discuter au Paradise de la naissance d'un éventuel Ladies Morning Club Junior. Il n'a aucune idée de ce que peut être la musique et il souffle de toutes ses forces dans son cor rouillé et détraqué une fois par semaine pour faire du bruit, pour marquer qu'il existe, parce que le reste du temps il doit demeurer silencieux à l'entrée du Cinéma de Paris où, c'est lui-même qui le dit, il est déchireuse de tickets. Une déchireuse de tickets, c'est là pour se faire oublier, et la Vaillancourt, chaque dimanche, s'arrange pour qu'on se rappelle son existence.

Le deuxième, la Rolande Saint-Germain, de son vrai nom Roland Germain, s'est improvisé du jour au lendemain percussionniste *classique*, il insiste sur le mot, et le tintamarre qu'il produit avec le jeu de casseroles qu'il cueille à la cuisine pour chaque réunion du club est infernal. Pour le tympan de ceux qui se trouvent à proximité de sa batterie, qu'il semble vouloir percer, et leur cage thoracique qu'il fait dangereusement vibrer. Il vient tout juste de se décrocher un travail chez Beechman's – la succursale de l'avenue du Mont-Royal, pas la maison mère de la rue Sainte-Catherine, loin dans l'ouest et, semble-t-il, un véritable paradis –, et il déteste à ce point son patron, Beechman fils, faussement gentil et pingre à faire vomir, qu'il essaie, du moins en rêve-t-il, de l'assassiner à grands coups de baguettes bien placés. Le gros chaudron de cuisine en tôle bon marché sur lequel il varge de toute sa force est l'entrejambe d'Abe Beechman et les sons qu'il en tire, ses cris de douleur.

Quant à Édouard – il le cite souvent au Paradise en levant le menton et en se tricotant les sourcils pour se donner un air important –, il touche le *piéno*. Toucher est un bien grand mot parce que, bien sûr, on ne s'attendrait pas à moins de sa part, il pioche sur le clavier à s'en faire mal aux doigts. N'importe où. N'importe comment. Pourvu que ça brasse. Et que ça fasse mal. Quand ses mains le font bien souffrir parce qu'il les abat trop brusquement sur les touches d'ivoire jauni, il cambre le dos, lève la tête et entonne un air d'opéra. Pour ajouter à l'horreur de ce qui est en train de se dérouler dans le salon de la Rolande Saint-Germain. Il en connaît peu, mais il les sert à toutes les sauces, au travail pour faire rire les clientes, au Paradise pour amuser ses amis, au piano, le dimanche après-midi, pour exprimer toute son indignation devant son absence de talent – sa mère, Victoire, dirait son manque de génie. Il aimerait pouvoir bien interpréter ce qu'il assassine, voilà pourquoi il s'en moque. Ce qui sort de sa bouche est encore plus affreux que ce qu'il tire de son instrument, mais, au moins, c'est voulu. Carmen : *Quand je vous aimerai? Ma foi, je ne sais pas…* suivi de la plus vilaine habanera de l'histoire de l'opéra ; Manon : *Voyons, Manon, voyons…* en prenant un faux air piteux de sainte nitouche des plus comiques ; Werther, mais plus rarement parce qu'il n'aime pas trop se moquer de cette musique qu'il aime par-dessus tout : *Pourquoi me réveiller, ô souffle du printemps ?…* qu'il fait tout de même suivre de sa propre version dérisoire : *De pour que c'est faire me réveiller, au soufre du printiiiiimps…* qu'il est seul à trouver drôle et qu'il se sert à lui-même quand il est trop déprimé.

Contrairement à ses deux acolytes, Édouard n'est pas malheureux au travail. Il aime bien mademoiselle Desrosiers, sa patronne, qui le bardasse depuis plus de dix ans maintenant – dix ans! qui l'eût cru? –, mais qui a de plus en plus besoin de lui, il le sait, parce qu'elle se fait vieille et moins efficace. Désormais il la laisse parler pendant que lui travaille. C'est lui doré-navant l'expert en chaussures de toutes sortes et c'est lui qu'on vient consulter. Mademoiselle Desrosiers s'en rend compte et le laisse aller parce qu'elle sait que s'il avait un peu d'ambition, il pourrait avec grande faci-lité lui voler son poste. Elle le chicane et le rabroue pour la forme, il fait semblant d'en être affecté pour ne pas froisser sa susceptibilité.

Il adore ces soirées passées au Paradise en compa-gnie de ses amis qu'il bardasse comme mademoiselle Desrosiers le fait avec lui. Au cours des années, il est de façon définitive devenu la reine du Paradise, la duchesse de Langeais, celle qu'on suit partout où elle veut aller parce qu'on sait qu'on va avoir du fun, celle qui fait rire quelles que soient les circonstances, qui console quand on a de la peine et qui rabroue quand on s'apitoie trop sur son sort.

En plus de son manque de talent, c'est donc son insuffisante ambition qu'Édouard exprime en pio-chant sur le clavier, chaque dimanche après-midi, et en assassinant des airs d'opéra qu'il vénère : s'il avait un peu de cran, il serait gérant d'une petite boutique de chaussures ou alors, rêvons, il pourrait se présenter au Théâtre National, rue Sainte-Catherine, et deman-der à la Poune ou à madame Petrie, les patronnes, de lui donner sa chance. Mais sa chance de faire quoi?

Que pourrait-il faire d'autre que se moquer des mêmes airs d'opéra? Les spectateurs du Théâtre National ne sont pas des soûlons qui aiment qu'on leur répète à l'infini les mêmes maudites jokes plates, ils en veulent plus, ils en veulent pour leur argent, ils ont dépensé de l'argent durement gagné pour entendre autre chose qu'une habanera massacrée et un *soufre du printiiiimps!* Ils sont là pour oublier que c'est la guerre, là-bas, en Europe, et qu'ici, c'est la restriction et la peur d'apprendre, ça arrive tous les jours, que les hommes partis défendre la France ou l'Angleterre ne reviendront pas. Il se voit tout de même sur la scène du Théâtre National. Son numéro va commencer. Il est habillé en duchesse de Langeais, il porte le divin parfum de la divine – plus maintenant, hélas – Ti-Lou, le rideau s'entrouvre…

Édouard ouvre la bouche. Cette fois, c'est Charlotte : *Va, laisse couler mes larmes…* Et elles coulent pendant que s'achève la séance de soulagement de la semaine qui ne sera jamais une guérison, mais qui est mieux que rien, comme tout le reste dans sa vie…

L'idée du Ladies Morning Club Junior est venue à Édouard un soir creux, au Paradise, alors qu'ils s'étaient retrouvés à trois autour de leur table habituelle, la Vaillancourt, la Rolande Saint-Germain et lui-même, à cause d'une importante joute de hockey diffusée à la radio de Radio-Canada. En direct du Forum de Montréal. Le phénomène était nouveau et attirait un grand nombre d'auditeurs, même chez les *vieux garçons*, dans les rangs desquels ne se trouvaient pourtant pas beaucoup d'amateurs de sports. Pour sa part, Édouard ne comprenait pas qu'on puisse écouter un match de hockey qu'on ne pouvait pas voir et se moquait de ses amis qui, prétendait-il, passaient une grande soirée les yeux fermés à essayer de comprendre et de visualiser les arabesques et les pirouettes qu'exécutaient les joueurs sur la glace du Forum, à la poursuite de leur petite rondelle de caoutchouc, et qu'essayaient de leur décrire des animateurs qui parlaient trop vite et s'emportaient avec une fougue un peu ridicule quand quelque chose d'excitant se passait. Comment peut-on être excité par la description d'une partie de hockey qu'on ne peut pas voir? Déjà que même quand on y assiste…

Il avait essayé. Une fois. Il n'avait rien compris, il n'avait rien pu imaginer de ce qui se passait sur la patinoire et avait abandonné au bout d'une demi-heure pour écouter une émission religieuse à CKAC, un sermon livré par un quelconque Monseigneur. C'était ennuyant pour crever la bouche ouverte, mais, au moins, il comprenait. De plus, ça avait la grande qualité d'être court et, surtout, d'être suivi par la diffusion du palmarès de la chansonnette française. Il avait donc écouté Tino Rossi (qu'il avait renommé Rino Tossi, ce qui, à son avis, sonnait mieux) susurrer *La romance de Nadir*, des *Pêcheurs de perles* de Bizet, et Fréhel, Damia et leurs nombreuses consœurs se plaindre des traitements que leur faisaient subir leurs amants, soldats, marins, souteneurs et autres repris de justice.

Quelques mois auparavant, il avait lu un article de journal qui retraçait le parcours du fameux Ladies Morning Musical Club (le *musical* a vite disparu parce que son club, au début, était surtout littéraire et que ce qui était venu après n'avait rien de *musical*), une association de madames riches qui se retrouvaient une fois par semaine, un après-midi du week-end, depuis 1895 – Édouard s'amuse à penser que ce sont les mêmes –, pour écouter des musiciens classiques débarqués de partout dans le monde, qu'elles faisaient venir à grands frais et autour desquels elles devaient minauder comme des chattes en chaleur. C'est du moins ce qu'il se plaisait à imaginer.

Il a donc pensé qu'ils pourraient, ici, au Paradise, lancer une espèce de version junior de ce club – il prononçait *junior* à l'anglaise parce que c'était plus drôle – qui serait consacrée à la littérature plutôt qu'à la musique. Ils pourraient lire un livre, le même, se réunir, se déguiser en femmes du monde et discuter de ce qu'ils en auraient pensé. Ou, plutôt, déconner, ce serait plus comique. Il deviendrait ainsi salonnière et ses amies ses suivantes. Les deux autres lui avaient fait remarquer que personne dans leur groupe ne lisait à part eux trois, sauf, peut-être, Xavier Lacroix, alors Édouard avait suggéré de lancer un club privé qui ne les concernerait qu'eux quatre, tant pis pour les autres.

Les débuts avaient été difficiles parce que personne d'autre qu'Édouard ne prenait le Ladies Morning Club Junior au sérieux. La duchesse était souvent la seule à avoir lu le livre en entier et à avoir une vague idée de ce qu'il signifiait, et quand Xavier Lacroix daignait se présenter aux réunions – il s'était réconcilié depuis longtemps avec les sœurs Giroux et jouait souvent en matinée, au Théâtre Arcade, ce qui lui faisait manquer des réunions du club –, il s'écoutait parler pendant de longues minutes en devisant avec prétention de choses qui n'avaient rien à voir avec la littérature et beaucoup avec sa carrière.

Les réunions, c'était plus commode, se déroulaient désormais chez la Rolande Saint-Germain, qui était la seule à vivre en appartement. Édouard, qui en aurait peut-être eu les moyens, refusait de quitter sa mère depuis la mort dramatique de Télesphore et la secondait même dans ses tâches de concierge. Il accomplissait dorénavant les grosses besognes en dehors de ses heures de travail et elle s'occupait de toucher les loyers et d'autres travaux plus légers. De plus, il n'avait pas du tout l'intention de lui présenter ses amis. Leur imminent déménagement rue Fabre allait donc changer bien des choses. La Vaillancourt, pour sa part, vivait sous le joug de la sienne dans un minuscule appartement du quartier Hochelaga. Et lui non plus ne voulait pas qu'elle sache avec qui il se tenait.

Un énorme piano droit trônait dans un coin du salon de la Rolande Saint-Germain et la duchesse, un jour où la réunion avait été particulièrement déprimante et en prenant son accent improbable de fausse femme du monde, avait eu l'idée de demander aux membres de son club si quelqu'un savait en jouer.

Non, personne ne savait en jouer.

« Qu'est-ce qu'y fait là, d'abord ?

— Ma mère en jouait. C'est un souvenir.

— C'est peut-être un souvenir qui va nous sauver la vie… »

Elle s'était levée, impériale dans la vieille robe de chambre en ratine qu'elle avait volée à Victoire pour ces séances qu'elle avait rêvées élevées, inspirantes, et qui s'étaient révélées une amère déception, s'était approchée de l'instrument, avait relevé l'abattant et avait dit :

« On peut toujours faire semblant… »

Elle avait alors livré un de ses numéros les plus drôles, les plus complets, et avait fait hurler de rire ses deux amis qui ignoraient encore dans quoi elle allait les embarquer.

Elle s'était jetée sur le banc du piano comme un oiseau de proie, elle avait promené ses mains un peu partout et n'importe comment sur le clavier – ce qu'elle fait encore, son répertoire reste limité et répétitif –, elle cambrait le dos en relevant la tête vers le plafond ou alors elle s'accroupissait presque à se cogner le front sur les notes, elle piochait, elle donnait du poing, elle pointait l'index et répétait la même note – toujours une touche noire – pendant de longues secondes, elle se levait à moitié de son banc en haletant, mimant une grande pianiste subjuguée par sa géniale interprétation d'un indicible chef-d'œuvre. Elle riait faux comme une chanteuse d'opéra qui a décidé de placer un rire là où le compositeur n'en avait pas prévu. Elle faisait semblant de pleurer devant ce que ses mains produisaient de plus disgracieux et de plus discordant, elle râlait, elle chantonnait en mélangeant des choses qui n'avaient rien à voir ensemble ou avec ce qu'elle jouait, Tino Rossi et Bizet, la Bolduc et Massenet.

C'était à la fois drôle et monstrueux. Ça faisait mal aux tympans et, en même temps, c'était libérateur et jouissif. C'était une échappatoire, une façon détournée et absurde d'exprimer ce qui semblait être une rage trop longtemps contenue de la part d'un être doux qui découvrait une sorte de violence qu'il ne se connaissait pas et dont il se soulageait dans le vacarme. Ses deux amis étaient subjugués ; ils ne l'avaient jamais vue aussi déchaînée, et même s'ils la trouvaient drôle, elle leur faisait un peu peur.

Son numéro terminé – ça s'était brusquement arrêté après que la duchesse eut frappé du poing le milieu du clavier dix fois de suite en hurlant : « M'as finir par t'avoir!» –, elle avait enlevé sa robe de chambre en ratine et l'avait envoyée revoler à l'autre bout de la pièce en murmurant : « Les costumes, c'est toujours trop chaud. C'est ce qui fait leur charme. » Puis, elle avait en toute simplicité repris sa place sur le vieux canapé du salon qui saignait de partout des touffes de rembourrage et qu'elle détestait parce qu'il vous piquait le dos et les fesses. Mais les deux fauteuils qui l'accompagnaient n'étaient guère mieux, alors elle s'éjarrait sur toute la surface du canapé. « Si ça pique, ça va piquer de partout. »

Elle avait brassé sa petite cuiller dans sa tasse de thé, avait étiré les lèvres comme si elle avait eu peur de se brûler alors que l'infusion avait amplement eu le temps de refroidir pendant son *impromptu*.

« On remettra pas le mot *musical* dans le nom de notre club parce que ce que je viens de faire l'est pas pantoute, mais si vous pensez avoir autant de talent que moi, on devrait former un trio. Savez-vous jouer de quequ' chose, vous autres ? Comme vous avez pu le constater, ça prend pas un grand don… »

La Vaillancourt s'était souvenue du cor dont son grand-père jouait au parc La Fontaine quand il était petit. Quant à la Rolande Saint-Germain, elle s'était aussitôt précipitée dans la cuisine et en avait rapporté quelques casseroles qui, prétendit-elle, lui serviraient d'instrument de musique. La duchesse avait aussitôt baptisé la Vaillancourt *le fond du cor au son des bois* et la Rolande Saint-Germain *la grande tambourine*. À la question de la Vaillancourt qui voulait savoir le nom qu'elle se donnerait à elle-même, la duchesse avait répondu du tac au tac et comme si elle énonçait une évidence :

« La clavière bien tempérée, bien sûr ! »

C'est ainsi qu'est née une espèce de tradition qui leur appartient à elles trois et qu'elles ne partagent que sporadiquement avec Xavier Lacroix, parce qu'il n'est pas toujours libre. C'est un vrai musicien, lui, il chante bien en s'accompagnant au piano, et quand par hasard il se pointe, un dimanche après-midi où il ne joue pas à l'Arcade, la duchesse murmure toujours entre ses dents : « C'est pas après-midi que j'vas pouvoir me défrustrer ! Le piéno va être occupé. » Mais chaque fois, pour la remercier de lui avoir cédé l'instrument, Xavier lui chante sa sérénade favorite : *La romance de Nadir*, des *Pêcheurs de perles*, parce qu'il sait que c'est son morceau préféré et qu'elle trouve son interprétation supérieure à celle de Tino Rossi. Elle le lui a avoué un soir de beuverie, au Paradise, et l'a aussitôt regretté, de peur qu'il n'aille s'en vanter partout. Mais le Ladies Morning Club Junior est un secret et Xavier Lacroix n'a jamais rien révélé de son existence.

Cet après-midi-là, après la scène déchirante de Charlotte et ses larmes qu'on ne verse pas, la duchesse se déchaîne au piano comme elle ne l'a pas fait depuis longtemps et la Rolande Saint-Germain a peur que des voisins ne viennent se plaindre du bruit. La Vaillancourt et elle-même se font plus discrètes, le cor ne produit que quelques meu-meu étouffés et la batterie, pour une fois, se fait réservée. Elles regardent la duchesse gesticuler et crier en se demandant ce que peut bien cacher tant de fureur. Le numéro dure plus longtemps que d'habitude, une bonne demi-heure, et les deux amies commencent à sérieusement désespérer de le voir jamais finir lorsque la duchesse, sans préavis, donne ses dix coups de poing sur le clavier. Soulagées, les deux autres se sentent obligées de l'applaudir, mais de façon discrète, comme dans le grand monde. La duchesse se lève, salue et retourne s'asseoir dans le canapé qui pique, en s'éventant avec un mouchoir qui fleure le gardénia.

« Je prindrais bian un peu de thé… »

La Rolande Saint-Germain se lance à la cuisine pour faire bouillir de l'eau et découper un concombre en tranches minces. Après tout, un *High Tea* – comme si c'en était un ! – sans sandwichs au concombre est une chose impensable et la duchesse de Langeais ferait sans doute une crise si la Rolande Saint-Germain se présentait au salon sans le petit plat de pain beurré garni de tranches de concombre translucides.

La duchesse dit souvent :

« C'est la seule chose que je peux endurer des Anglais, pis chus sûre qu'y l'ont même pas inventée… »

C'est faux, bien entendu, elle a adoré lire Dickens, prétend sans vergogne que la reine Victoria est sa grand-mère et se précipite le plus souvent qu'elle le peut chez Murray's se gaver de *beef and kidney pie* et de *plum pudding*, mais c'est proféré avec un tel aplomb que personne n'ose protester.

Elles pérorent pendant un petit moment tout en grignotant leurs sandwichs au concombre et en sirotant le thé trop fort.

Elles jouent les femmes du monde avec une certaine aisance – surtout Édouard – sans toutefois se travestir, ni au Paradise ni ici, chez la Rolande Saint-Germain. Pour faire les comiques, elles enfilent parfois n'importe quoi, une robe de chambre empruntée à leur mère, une vieille robe volée qui ne leur va pas, des gants trouvés au fond d'un tiroir, des chapeaux cabossés, mais jamais un déguisement complet. Édouard s'est déjà mis une serpillière sur la tête en hurlant : « Mon

Dieu, j'ai trop de problèmes, mes cheveux sont deve-nus gris pendant la nuit!» Il ne faut pas que ce soit beau, il faut que ce soit drôle. Aucune des trois n'a un physique pour contrefaire l'allure et l'élégance d'une belle femme, elles l'ont accepté depuis longtemps. Elles préfèrent donc faire les clowns plutôt que de s'entêter à imiter une femme du monde tout en sachant qu'elles n'y parviendront pas.

Édouard y arrive très bien sans costume; pas les deux autres.

La duchesse, toujours:

«C'est pas ce qu'on porte par-dessus qui est beau. C'est ce qu'on porte en dedans.»

Ou encore:

«Mettez-moi en caneçon au milieu d'une pièce, pis vous allez voir la plus belle femme du monde!»

Elles sont sur le point de *call it a day*, comme le dit souvent Édouard qui a piqué cette expression dans un film de Bette Davis, *Jezebel* ou *Dark Victory*, lorsqu'on sonne à la porte.

La Rolande Saint-Germain hausse les épaules.

«Encore un voisin qui vient se plaindre du bruit...»

Édouard dépose sa tasse vide sur la table d'appoint placée à côté de son canapé.

«Si y est beau, laisse-lé entrer!»

La Rolande Saint-Germain ne se retourne pas pour lui répondre.

«Tu saurais même pas quoi faire avec!»

C'est Xavier Lacroix, chapeau mou et foulard autour du cou, qui s'excuse d'arriver si tard.

«Je jouais. Mais heureusement, cette semaine je meurs à la fin du premier acte...»

Édouard est déjà debout, comme pour partir.

«Pis t'es pas resté pour les saluts? Ça me surprend.»

Xavier esquisse un salut moqueur.

«Duchesse. Mes hommages. Non, quand tu meurs au premier acte, personne ne se souvient de toi à la fin du troisième… J'ai trop longtemps joué les premiers rôles pour aller saluer pour un *guest appearance*.»

Édouard se dit que tout Xavier Lacroix est là : amertume et ironie.

Le nouvel arrivant jette un coup d'œil en direction du piano.

«Votre concert est déjà terminé?»

Édouard répond en retard à son salut par un petit geste méprisant de la main, un peu comme on congédie une camériste.

«En effet, le Ladies Morning Club Junior vient de clore sa session hebdomadaire. Mais si tu veux du thé froid ou une sandwich au concombre passée date…»

Xavier dépose son chapeau et son foulard sur le dossier d'un fauteuil.

«Non. Merci. J'avais juste envie de faire un peu de musique…»

Édouard se rassoit aussitôt, croise la jambe. Enfin, de la vraie musique.

«On te laisse faire à une condition.»

Xavier sourit en se dirigeant vers le gros instrument.

«Prévisible duchesse. C'est justement ce que j'avais envie de chanter…»

Il s'installe au piano, se casse les jointures en gestes exagérés, écarte les doigts, pose les mains sur le clavier.

Édouard a les larmes aux yeux dès les premières notes. C'est immanquable, ça se produit chaque fois qu'il entend *La romance de Nadir*. Est-ce parce que sa mère lui a dit que c'était ce qu'elle écoutait à la radio quand son père est mort? Non. Édouard ne verserait jamais une larme pour son père. Quoi, alors?

Sûrement pas les paroles qui sont d'une insondable bêtise. Reste la musique. Le frémissement de la forêt, le gargouillement des fontaines, un pays lointain où on vit tout nu en pêchant des huîtres à perles… C'est tout ça que lui suggère la musique de Bizet. L'évasion, la liberté, la paix.

> *Je crois entendre encore, cachée sous les palmiers,*
> *Sa voix, tendre et sonore comme un chant de ramier…*

La voix de Xavier Lacroix est blanche, haut perchée, ce qui ne lui a pas toujours rendu service au théâtre, surtout maintenant qu'il est passé des rôles de jeunes premiers à ceux de pères nobles, mais elle donne un charme particulier à ses interprétations de mélodies françaises et de certains airs d'opéra. Sans être efféminé c'est étonnant pour une voix d'homme. Ce n'est pas non plus un timbre de contre-ténor, on ne dirait pas que c'est une femme qui chante ; c'est léger, aérien, impalpable, et comme sa diction est parfaite, que son intelligence du texte est celle d'un acteur, il arrive à dépeindre avec ses couleurs si personnelles toutes les nuances voulues par l'auteur des paroles, aussi stupides soient-elles, et le compositeur.

Il a connu un début de carrière intéressant, jadis, à Paris, fin des années vingt. Il a chanté au Casino de Paris en compagnie de Mistinguett, de Tino Rossi et de Joséphine Baker. S'il a débarqué à Montréal, dans les années trente, à cause d'une peine de cœur, il n'en parle jamais, et lorsque son grand amour venait à passer par la métropole, avant la guerre, en tournée avec un classique ou une opérette, il prévenait les sœurs Giroux qu'il ne serait pas libre pour quelques semaines et s'enfermait chez lui jusqu'au départ de l'acteur qui, hélas,

Xavier ne pouvait y échapper, faisait la une de tous les journaux et se retrouvait chaque jour à la radio à pérorer sur un ton sentencieux et supérieur comme s'il s'adressait à un peuple d'ignorants… Il s'adressait à un peuple qui ne connaissait pas grand-chose, c'est vrai, mais il aurait pu cacher son mépris. C'est du moins ce que pensait Xavier en l'écoutant déverser son savoir.

Et il vient d'apprendre par une lettre qui a réussi, allez savoir comment, à se frayer un chemin à travers les bombardements et les combats aériens, que son ex-amant, accusé d'avoir couché avec des nazis, a quitté en catastrophe la France occupée pour essayer de s'embarquer vers New York s'il trouve un navire assez téméraire pour tenter la traversée de l'Atlantique. Va-t-il réussir à franchir le Mur de l'Atlantique?

Lui aussi vient trouver ici un soulagement.

Quand Xavier chante le dernier vers en étirant l'ultime syllabe : *Charmant souveniiiiiir*, Édouard appuie la tête contre le dossier de son fauteuil et porte la main à son cœur. Chaque fois. C'est ça qu'il attendait, ce i étiré pendant de longues secondes, jusqu'à épuisement de la respiration, c'est là que se situe le secret. Du bonheur. Ce souffle allongé accompagné du frémissement des arbres, du bruit de la mer, d'odeurs exotiques inconnues, peut-être même de gardénia, sans le support de l'orchestre, juste avec l'accompagnement de piano, il le voudrait sans fin, il espérerait s'y réfugier, agoniser avec lui, disparaître dans un soupir et planer pour toujours au-dessus de la mer. Un atome de duchesse.

Le silence qui suit lui appartient. Il sait que c'est à lui de le briser, que les autres n'oseront rien dire tant qu'il ne lancera pas une quelconque pitrerie ou un jeu de mots graveleux. Ils ont deviné depuis longtemps l'effet qu'exerce sur lui cette musique et respectent son recueillement. Parce que c'en est un. La duchesse n'est jamais aussi sérieuse qu'après avoir écouté *La romance de Nadir*. Cette fois, elle les fait attendre en savourant ce silence béni après tant de bruit et de fureur libérée.

«Ça va être mieux pour tout le monde… Ça va coûter moins cher pour manger. Gabriel gagne pas beaucoup d'argent, le mari de Bartine est parti à la guerre pis a' tire le yable par la queue même si a' reçoit un chèque du gouvernement tous les mois… On va toutes mettre notre argent ensemble, pis… je sais pas… peut-être que la vie va être plus facile… C'est important de ben manger, Édouard, t'es ben placé pour le savoir, gros comme que t'es…»

Victoire est assise sur une énorme caisse de bois qu'ils viennent, Édouard et elle, de remplir de vaisselle dépareillée. Des choses ramassées au cours des âges, jamais jetées au cas où on en aurait un jour besoin, des vestiges d'un mariage malencontreux qui n'aurait jamais dû avoir lieu et qui n'a été qu'une longue suite d'épreuves. La toute blanche, sans aucun motif, cadeau de noces des parents de Télesphore, tellement de mauvaise qualité que les tasses se sont presque tout de suite ébréchées, celle que Victoire a elle-même choisie plus tard et qu'elle aime encore – une bordure de fleurs de toutes les couleurs sur fond bleu pâle –, la plus récente, celle de tous les jours, achetée en solde chez Dupuis Frères, et qui ne sert presque plus depuis le départ de Madeleine, d'Albertine et de Télesphore. Ils ne sont plus que deux dans l'appartement de concierge de la ruelle des Fortifications et se contentent de laver tous les jours les quelques morceaux qu'ils utilisent. Victoire se demande d'ailleurs s'ils n'ont pas tout empaqueté ça pour rien. Il n'y aura sans doute pas de place dans la cuisine du logement de la rue Fabre, avec les affaires de Nana et celles d'Albertine… Elle a parfois envie de tout laisser derrière elle, ces souvenirs d'une existence sans bonheur, et d'arriver dans le nouvel appartement en s'abandonnant complètement aux mains de sa fille et de sa bru. Se faire servir après avoir servi tout le monde si longtemps.

« Oui, c'est vrai, ça va être mieux pour tout le monde. Mais y va y avoir un prix à payer. »

Édouard s'est appuyé contre le chambranle de la porte de la chambre de sa mère qui donne dans la cuisine. Il est essoufflé, il sue à grosses gouttes. Il n'est pas habitué aux efforts physiques – au magasin de chaussures il se démène, il court à l'arrière-boutique, il s'accroupit cent fois par jour devant les clients, mais il ne force jamais comme il vient de le faire durant toute la soirée –, et il sent son cœur battre à tout rompre dans sa poitrine. Toutes ces choses inutiles et laides emballées pour rien. Il est convaincu qu'ils devront tout mettre à la poubelle en arrivant à l'appartement de la rue Fabre parce que rien de tout ça n'est utilisable. Il n'ose pas en parler à sa mère. Après tout, c'est sa vie, elle y est peut-être un peu attachée. Non. C'est impossible. Pas après ce que leur père lui a fait endurer.

Il tousse dans son poing avant de continuer. Parce qu'il n'est pas convaincu que Victoire a beaucoup réfléchi en acceptant l'offre de Gabriel.

« On va vivre les uns sur les autres, moman, y avez-vous pensé ? On va être neuf entassés dans un appartement de sept pièces! On aura pus… On aura pus d'intimité, moman! On aura même pas de chambres séparées, tous les deux. On va dormir dans un salon double. J'vas vous entendre ronfler, pis vous allez m'entendre rentrer tard les soirs où je vas sortir…»

Victoire se lève, lisse sa jupe pour faire tomber la poussière accumulée pendant la soirée.

«Ben sûr que j'y ai pensé! C'est la première affaire qui m'a passé par l'idée! Mais que veux-tu…»

Elle se dirige vers l'évier, met de l'eau à chauffer sur le poêle à charbon, croise les bras comme lorsqu'elle se concentre pour réfléchir.

«Chus fatiquée, Édouard. J'pense que tu le sais. J'ai passé l'âge. J'ai passé l'âge de faire le travail d'un homme. T'es ben fin de me remplacer, de faire les gros travaux à ma place depuis que les autres sont partis, mais même les petites affaires qu'y me reste à faire… Même monter les escaliers pour aller collecter les loyers ou pour remplacer une lumière brûlée, ou pour transmettre une plainte parce que des locataires ont fait du bruit, c'est trop… Chus pus capable. Je l'ai faite trop longtemps… Si c'est le prix à payer, vivre avec ben du monde, ben coudonc…, j'm'enfermerai dans ma chambre pis je lirai des romans. Des romans qui se passent dans des grandes maisons où y a pas beaucoup de monde…»

Elle se tourne vers lui sans décroiser les bras. Elle a froncé les sourcils, comme si elle s'apprêtait à lui poser une question alors qu'elle se décide enfin à lui suggérer cette solution qui lui trotte dans la tête depuis un bon moment et qu'elle remet de jour en jour. Parce qu'elle espère qu'il va refuser.

«T'sais… T'es en âge de faire ta vie, hein… Pis depuis longtemps… J'comprends que t'ayes besoin de ton intimité… T'es pas obligé de me suivre, tu sais. Si t'as peur qu'y aye trop de monde pis si t'as pas peur d'aller vivre tu-seul… fais-lé. Occupe-toé pas de moé. J'vas m'arranger avec eux autres ! Chus sûre qu'y vont me gâter, qu'y vont prendre soin de moé. Gabriel pis Nana me l'ont dit. »

La bouilloire siffle. Elle se retourne pour verser l'eau bouillante dans la théière. Aussitôt qu'elle a terminé, qu'elle a remis le couvercle sur la théière, elle sent deux bras puissants qui l'enlacent et un baiser sonore dans son cou.

« C'est pas ça que je voulais dire, moman… Vous le savez ben. J'vous abandonnerai jamais.

— Si un jour tu te maries…

— Si un jour j'me marie, pis c'est pas demain la veille, j'vous emmène vivre avec moi.

— Ta femme sera peut-être pas d'accord.

— On verra ça dans le temps comme dans le temps. En attendant, tracassez-vous donc pas. J'parlais pour parler. Moi aussi chus capable autant que vous d'endurer la vie à neuf personnes dans la même maison… Si ça devient trop pénible, j' f'rai le bouffon, chus bon là-dedans… »

Elle se tourne vers lui, le regarde droit dans les yeux.

« Reste à savoir si eux autres vont être capables de t'endurer ! »

Ils rient de bon cœur.

Ils viennent encore une fois d'éviter une explication grave qui les aurait obligés tous les deux à faire face à certaines choses dont ils évitent de parler depuis longtemps.

Elle la traîne en elle depuis six ans. Une bête noire lovée dans sa poitrine et qui la ronge, qui grignote chaque seconde de son existence. Une plaie qui ne guérit pas. Parfois, c'est insupportable, et Victoire aurait envie de sortir dans la rue pour aller hurler sa culpabilité, s'en délivrer une fois pour toutes, que ça se sache, qu'on sache qui elle est, de quoi elle a été capable. Si elle avait vraiment cru que ça la libérerait, elle l'aurait fait depuis longtemps. Mais rien, pas même une confession publique, surtout pas une confession privée faite à un curé qui n'aurait rien compris, qui l'aurait condamnée tout en restant prisonnier de son secret, rien ne pourrait la soulager, elle le sait et endure en silence les conséquences de son geste ou, plutôt, du geste qu'elle n'a pas fait.

Elle est étendue sur le dos dans le noir, les mains croisées sur la poitrine, comme une gisante. Elle vient une fois de plus de revivre la scène. Ce soir, c'était tel que ça s'est passé, sans variation. Oui, il lui arrive quelquefois, parce qu'elle étouffe, d'imaginer ce qui serait arrivé si…

Elle vient de s'asseoir sur le lit, à côté de Télesphore, elle a posé la main sur la cuisse gauche de son mari. Il tousse, il éructe, si elle ne fait rien il va s'étouffer dans son vomi parce qu'il est trop saoul pour réagir, son cerveau n'arrive plus à le prévenir du danger d'asphyxie. Elle est là pour ça, non ? Le retourner sur le côté, comme d'habitude, l'empêcher de suffoquer dans ses propres déjections. Elle le regarde lutter pendant quelques minutes puis – c'est là qu'intervient la version imaginée pour essayer de l'apaiser un peu, sans toutefois la consoler parce que c'est impossible –, elle le pousse doucement de la main. Comme il ne réagit pas, elle se lève, se penche au-dessus de lui, le prend par les épaules et le retourne sur le côté. Un flot de vomissures jaillit aussitôt de la bouche de Télesphore et elle se bouche le nez. Encore des draps à laver. Demain, il va se lever, hirsute et de mauvaise humeur, en se plaignant de l'état de leur lit. Elle va le contourner dans la cuisine sans rien dire pour aller retirer les draps... Elle vient de lui épargner une fois de plus une fin misérable et humiliante, il le sait et n'éprouve aucune gratitude. Et la vie va continuer. La boisson – en trop grande quantité et trop souvent –, les poèmes à la lune, les déclarations d'amour à tout le monde, débridées, sans queue ni tête, la scène du lit, cette petite poussée de la main qui peut le sauver, tant de fois répétée et sans espoir de la voir cesser un jour.

Elle se demande souvent si c'est ce qui aurait dû se passer, ce geste de mansuétude mêlé de pitié répété une fois de plus, la vie qui continue, inchangée, celle de son mari, tête heureuse sans aucun sens des responsabilités, la sienne, un éternel recommencement, l'état de perpétuelle dépression dans lequel elle se trouvait depuis des années, à travailler comme un homme, à sa place à lui, pendant qu'il continue son existence d'orateur de taverne comme si de rien n'était. Plusieurs fois par semaine sauver la vie de l'être qu'elle méprisait le plus au monde, qui l'avait arrachée à sa vie presque heureuse, à son grand amour, pour la plonger dans ça, cette espèce de survie sans espoir faite de répétitions sans issue.

Non. Elle est tout de même convaincue d'avoir bien fait. Malgré la culpabilité qui a remplacé la dépression. C'était de l'égoïsme pur, elle le sait, elle l'a fait pour se sauver elle, elle a laissé quelqu'un mourir pour s'éviter de sombrer dans une rage destructrice : si elle ne l'avait pas laissé mourir, lui, elle aurait peut-être fini par mettre le feu à la maison, les tuer tous !

Mieux vaut la culpabilité. Cette bête noire qui la ronge. Peut-être. Peut-être pas. Entre deux maux… Le pire, c'est justement d'avoir eu à choisir entre deux maux.

Quant à ce qui va advenir d'elle après sa mort, elle a choisi de ne plus y penser. Elle s'est longtemps demandé ce qui arriverait lorsqu'ils seraient réunis dans l'au-delà, Télesphore et elle. Sans doute en enfer, lui pour la vie qu'il aura menée, elle à cause de la mort dont elle se sera rendue responsable. Une engueulade monstre, sans fin, sans cesse renouvelée, en plus des flammes et des plaintes des damnés ? Elle a commencé par avoir peur, comme une petite fille à qui on parle pour la première fois du démon, de ses œuvres et de ses pompes, de ce qui l'attend – le feu, l'huile bouillante, le corps qui brûle sans jamais se consumer – si elle n'obéit pas aux préceptes de la religion catholique, puis elle a fini par trouver tout ça enfantin pour une raison très terre à terre : comment croire que quelqu'un puisse engueuler quelqu'un d'autre pendant toute une éternité ? Sa foi, qui n'avait jamais été des plus solides à cause des malheurs qui s'étaient abattus sur elle au fil des années – comment croire en un Dieu qui s'acharne à multiplier les embûches, et surtout, comment l'adorer ? –, a été définitivement ébranlée par cette seule image : un homme debout, son mari, qui la couvre d'injures sans s'arrêter et sans qu'elle ait le moindre espoir que ça finisse un jour. Et tout ça au milieu des chaudrons d'huile bouillante et de la cacophonie des damnées qui hurlent leur désespoir. Ridicule. Et si ça, l'enfer, était ridicule, pourquoi pas le reste, le ciel avec ses anges qui jouent de la harpe sans jamais se fatiguer, saint Pierre et sa Porte du Ciel qu'elle a toujours imaginée en clôture de fer forgé, comme celles qui ferment les propriétés de million-naires, le trône de Dieu, les âmes pâmées dont le bonheur ne connaît pas de repos… Le bonheur ne dure jamais si longtemps et les malheurs on les vit ici, sur terre, on n'a pas besoin de l'enfer pour les per-pétuer. Et la culpabilité qui la mine est une punition assez grande. Quand elle va mourir, elle aspirera à un repos inconscient, pas à une récompense ni, surtout, à une plus grande punition.

Le sommeil ne vient pas. Elle retourne en arrière. Elle revoit les policiers arriver, puis l'ambulance. Les regards de sympathie. Elle s'entend dire que son mari a dû s'étouffer pendant qu'elle écoutait la radio, qu'elle n'a rien entendu, qu'elle aurait dû rester auprès de lui, que c'était de sa faute, que c'était ce qu'elle fai-sait d'habitude, le veiller jusqu'à ce que le danger soit passé… En pleurant et en se mouchant. A-t-elle joué ? A-t-elle fait l'actrice ? En un sens, non, parce que son désarroi était réel, sa détresse sincère, mais pas pour les raisons qu'elle invoquait. Elle mentait sans men-tir. Elle avait fait une chose monstrueuse et impardon-nable qui ne serait sans doute jamais punie que par elle-même, elle allait s'en sortir sans que la société la condamne, mais à quel prix ? Un perpétuel poids sur son cœur. Un animal qui la grignote de l'intérieur avec ses petites dents pointues.

Elle repense à ces quelques minutes où son mari agonisait pendant qu'elle écoutait Tino Rossi chanter cette si belle romance. À son grand étonnement, elle ne l'a jamais réentendue, elle s'est même souvent demandé si elle ne l'avait pas imaginée. Existe-t-il dans son histoire un trou de quelques minutes pendant lesquelles elle regardait Télesphore mourir alors qu'elle s'imagine écouter Tino Rossi chanter à CKAC une trop belle mélodie pour se déculpabiliser ? Est-elle restée dans la chambre pour le regarder s'étouffer ? En a-t-elle été capable ?

Non. Ça a dû se passer comme elle le pense. Elle ne serait jamais allée jusque-là. Même si elle avait beaucoup haï son mari.

Juste avant de s'endormir, elle croit entendre la voix de Tino. Il chante quelque chose dont elle n'a aucun souvenir précis, mais qui est peut-être l'illustration du moment le plus important – le plus courageux ? – de sa vie.

Et ses rêves sont affranchis de toute culpabilité.

Après sa mésaventure en compagnie de Ti-Lou, six ans plus tôt, Édouard n'a jamais essayé sérieusement de se déguiser en femme. Trop compliqué, trop de travail pour un piètre résultat qu'il n'arriverait peut-être pas à imposer, même au Paradise. Le trésor qu'il couvait à l'intérieur de lui-même, la duchesse de Langeais, n'était pas une caricature et il avait compris, malgré le mal que s'était donné son amie, qu'habillé en femme, il ne serait que ça. Alors il a renoncé à faire sa grande rentrée parce qu'il avait peur de la rater de nouveau. Même devant les soûlons de la Main, l'humiliation aurait été trop grande. Il a donc fait le clown. Il a gardé ce qu'il avait de plus beau enfoui en lui sans le désacraliser avec des oripeaux ridicules. Il a quand même imposé la duchesse, mais une version dépravée, un personnage comique, plus comique que les pauvres artistes qui se présentaient sur la scène du Paradise, une machine à jeux de mots, à contre-pèteries et à bitcheries, presque toujours pertinents, souvent vicieux, qui n'épargnaient rien ni personne. Édouard est devenu à la fois l'idole et la terreur de la Main. Même ceux qui le haïssent – ils sont nombreux – ne peuvent plus se passer de lui parce qu'il les soulage de leur agressivité, il leur permet de concentrer leurs frustrations sur un seul point, lui. Ils le détestent et ça leur fait du bien. En tout cas son personnage, parce que lorsque par hasard on le croise en dehors de la Main, on est frappé par sa douceur et sa gentillesse. Quelques habitués du Paradise se sont même mis à fréquenter la boutique Giroux et Deslauriers juste pour regarder évoluer ce spécimen qu'ils n'auraient jamais pu imaginer : un Édouard vendeur de chaussures, un tantinet efféminé, et drôle, oui, mais si éloigné de la harpie qui dicte ses quatre volontés au Paradise que c'est à se demander si on a affaire à la même personne.

Il est le point d'attraction du Paradise, on vient pour lui, parfois de l'extérieur de Montréal, parce qu'on a entendu parler de ses facéties et de ses reparties assassines, il attire la clientèle et il n'est pas rare, les soirs où l'endroit est bondé, que le patron lui envoie des drinks qu'il boit trop vite et qui le rendent souvent désagréable. Quand il a trop bu et qu'il sent venir ces éclairs de noirceur au cours desquels il perd le contrôle de ce qu'il fait et de ce qu'il dit, il s'arrête parfois au milieu d'une plaisanterie et quitte l'établissement, à peine conscient, sous les protestations de son public. Il marche jusque chez lui en titubant, essayant de retrouver ses esprits, espérant que sa mère sera couchée et qu'elle ne le verra pas dans cet état. Si près de son père.

À près de trente ans, Édouard n'a pas encore connu l'amour. Des aventures, oui, des coups de cœur passagers qu'il s'amuse à appeler ses amourettes, des séances de touche-pipi au parc La Fontaine ou au cœur du mont Royal, des rencontres sans conséquence vite expédiées et aussitôt oubliées, mais pas de grandes passions irrépressibles qui chamboulent tout et vous jettent dans des états extrêmes, la certitude d'être aimé, l'inquiétude de ne pas l'être. Pas de crises d'angoisse à cause d'un retard inexpliqué ni de poussées de rage pour une œillade lancée à quelqu'un d'autre et surprise par hasard. Pas de Montriveau, donc. Rien de romantique. Rien qui s'approche des livres qu'il a dévorés et rêvé de vivre, le faubourg Saint-Germain, les grandeurs et les misères des courtisanes, la tuberculose de Marguerite Gautier, la douleur de la duchesse de Langeais, son grand sacrifice, sa retraite volontaire aux tréfonds des îles Baléares, cette mort invraisemblable mais si enivrante alors que son ancien amant escalade le mur de pierre qui soutient le couvent où elle s'est retirée pour venir l'enlever des griffes de la culpabilité. La boutique de chaussures le jour, le Paradise le soir. La nuit en solitaire dans un soubassement de la ruelle des Fortifications. Et les beuveries, les fins de semaine, qui le font trop ressembler à son père qu'il a tant méprisé.

Alors, parce qu'il n'en a pas, et pour s'étourdir, oublier le peu de chances qu'il a de réussir quoi que ce soit dans la vie, il s'invente un passé. Plus qu'intéressant, passionnant. D'un bout à l'autre farfelu, échevelé, bâti autour de mensonges éhontés qu'il prodigue à ses amis du Paradise avec un aplomb et un souci des détails qui font de lui un grand conteur, un orateur de taverne qui aurait fait rougir son père de jalousie. Télesphore avait été un geignard qui se contentait de se plaindre de tout, Édouard est un hâbleur qui se vante de tout, sans peur et sans vergogne, et qui se moque des invraisemblances. Il est devenu une espèce de Shéhérazade, il raconte des histoires – toujours prétendument des aventures qui lui seraient arrivées – plus incroyables les unes que les autres, des contes gigognes qui s'imbriquent en formant une espèce de labyrinthe où il est impossible de se retrouver, des péripéties dont il est toujours l'épicentre, que personne ne croit mais qui sont tellement captivantes et drôles qu'on les écoute en se demandant où Édouard peut bien aller chercher tout ça. Et, quand on est bien paqueté, en rêvant un peu qu'elles soient vraies pour que quelqu'un du Paradise ait connu une autre vie que celle qu'on a à subir soi-même. Édouard les fait fantasmer : il est allé partout, pourquoi pas eux ? Il a rencontré tout le monde, il a baisé la terre entière, des princes comme des paumés, et, bien sûr, il a un avis sur tout, souvent sulfureux – il ne faut pas le lancer sur le sujet de la religion, par exemple, il devient intarissable –, qu'il essaie d'imposer à qui veut l'entendre. Et tout ça la plupart du temps raconté avec des voix de femmes, mal imitées mais toujours hilarantes, Germaine Giroux pour les passions un peu vulgaires et graveleuses, Renée Saint-Cyr pour les récits légers et bondissants, Edwige Feuillère pour les tragédies qui finissent dans le sang et les larmes. Germaine Giroux pour Carmen, donc – Don José change régulièrement de physique et de caractère –, Renée Saint-Cyr pour les marivaudages qu'il a piqués à la radio, plus précisément au radio-théâtre du jeudi soir, qu'Édouard écoute en compagnie de sa mère – le jeudi soir, on ne le voit pas au Paradise et il n'a jamais expliqué pourquoi –, Edwige Feuillère pour sa version toute personnelle de Phèdre, du Cid ou des nombreux romans de Balzac qu'il pille sans honte et qui, bien entendu, ont la plupart du temps comme héroïne Antoinette de Navarreins, duchesse de Langeais, son faire-valoir, son *alter ego*, son cheval de bataille.

Le seul sujet qu'il n'aborde pas est celui de la guerre qui sévit depuis deux ans en Europe. Parce que ça lui rappellerait l'une des plus cuisantes humiliations de sa vie.

Il a reçu sa convocation très tôt lors de l'enregistrement obligatoire de 1940. La seule idée d'aller passer trois mois à faire des exercices et à apprendre à manier les armes dans une baraque en compagnie d'hommes qu'il ne connaissait pas et qui l'auraient vite jaugé le faisait frémir. Pour une fois, ce n'était pas la duchesse de Langeais qui réagissait, c'était lui. Il était assez évident qu'il n'était pas fait pour cette vie au grand air, à grimper des échelles de corde, à ramper dans la boue et à faire des séries de *push-up* en soufflant comme une baleine. Dans un uniforme de soldat. Où est-ce qu'on trouverait un uniforme de soldat dans lequel il réussirait à entrer ? On s'en rendrait vite compte et on lui ferait la vie dure. Il serait un poids pour l'armée et un embarras au milieu d'une bataille. Mais c'était la loi, il ne pouvait pas y échapper et il n'allait tout de même pas se marier avec n'importe qui, comme beaucoup l'avaient fait, l'été précédent, pour y échapper ! Sans trop comprendre pourquoi, il avait été écœuré par ces mariages collectifs célébrés à la hâte pour éviter à des lâches de partir à la guerre. Si lui appréhendait cet examen médical qu'on lui imposait, ce n'était pas par lâcheté, mais parce qu'il considérait sincèrement qu'il ne faisait pas partie du monde des mâles. Il en avait déjà nié les signes extérieurs les plus évidents, il n'avait jamais fumé une cigarette de sa vie – sauf, bien sûr, pour caricaturer des actrices de cinéma, et la plupart du temps en s'étouffant –, il avait refusé d'apprendre à conduire une voiture, nouvelle passion pour les gars de son âge, et aucun sport ne l'intéressait. Il ne savait pas ce qu'il deviendrait au milieu d'un groupe d'hommes virils avec lesquels il n'aurait aucune affinité. Quant à la guerre elle-même… Il voulait bien qu'on aille sauver la France, et même l'Angleterre, des griffes des Allemands, qu'on arrête cette boucherie une fois pour toutes, mais il ne croyait pas pouvoir y faire quoi que ce soit. Un soldat inutile et dangereux pour ses camarades est une plus grande nuisance qu'un gros homme resté chez lui, non? Il ferait son effort de guerre ici, il se joindrait aux femmes pour ramasser des chiffons, des métaux, du papier, du caoutchouc, comme on le demandait sur les panneaux qu'il avait vus un peu partout en ville, il lutterait à sa façon, pas à celle des hommes que voulait lui imposer la société.

Pour le moment, on n'obligeait que les célibataires en bonne condition physique à se soumettre à ce mini service militaire. Édouard ne se connaissait aucune maladie – à part ce début d'obésité, bien sûr, qui lui valait des quolibets de la part des habitués du Paradise – et il était convaincu que cet examen ne soulèverait aucun problème. Il se voyait donc partir pour une petite ville quelque part sur la rive sud du Saint-Laurent, dans un autobus rempli de gueulards qui se réjouiraient sans doute d'aller passer trois mois de vacances à se refaire une santé aux frais du gouvernement.

L'entrevue n'aura pas duré plus de quelques minutes.

Aussitôt qu'il l'a vu entrer, le militaire haut gradé et bardé de médailles qui était installé derrière l'imposant bureau placé au milieu de la pièce a eu une espèce de recul qui n'a pas échappé à Édouard. Après une hésitation, il lui a fait signe de s'asseoir sur la chaise droite en face de lui en lançant un soupir qui ne cachait pas son exaspération.

Édouard a pensé que c'était peut-être sa corpulence qui le faisait réagir ainsi.

Le soldat lui a demandé son nom, son adresse, son métier, puis il s'est arrêté net et a jeté sa plume sur son bureau.

« Je sais pas si tu voulais être refoulé, si tu joues un rôle ou non, mais tu l'es. Sors d'icitte au plus sacrant. »

Le cœur d'Édouard a bondi dans sa poitrine, il s'est retenu pour ne pas le remercier en se disant que ça ne se faisait pas, qu'il ne devait surtout pas exprimer sa joie, peut-être même fallait-il qu'il se montre déçu. Et, pour cacher son soulagement, il a décidé de jouer les innocents.

« Refoulé ? Qu'est-ce que ça veut dire, refoulé ? »

Le soldat a refermé le dossier qu'il avait devant lui, l'a repoussé comme si c'était un objet répugnant.

« Parce qu'on n'accepte pas les gars comme toé dans l'armée. »

Piqué au vif, Édouard s'est redressé sur sa chaise.

« Les gars comme moi ?

— Oui, oui, oui, les gars comme toé. Fais pas l'innocent ! Pis demande-moé surtout pas ce que je veux dire par là si tu veux sortir d'icitte en un seul morceau pis encore reconnaissable ! »

La duchesse de Langeais a failli faire surface, jaillir comme une danseuse qui sort d'un gâteau de fête dans les comédies musicales, pour venir agonir d'injures cet imbécile qui osait juger quelqu'un après à peine deux ou trois questions. Il pourrait être gros, il pourrait ne pas être viril sans nécessairement… Ça paraît-tu tant que ça ? *Mon Dieu, ça paraît-tu tant que ça ?* Édouard a dû lutter avec lui-même pour ne pas se lever et lancer au militaire une de ces patarafes dont il avait le secret. Ce n'était pas le moment, mieux valait filer doux, prendre son trou et partir avant que l'autre change d'avis.

L'officier a continué. De toute évidence, il n'en avait pas fini avec Édouard.

«Les gars comme toé, on devrait les arrêter, toute la gang, pis les mettre en prison! Si j'avais le temps, j'te dénoncerais, mais j'ai au moins cent gars à rencontrer aujourd'hui, des normaux qui sont capables de faire un service militaire sans se plaindre comme des filles, pis j'ai pas de temps à perdre! Sors d'icitte avant que je le fasse moé-même! Si jamais on est assez désespérés pour appeler tous les hommes valides sous les drapeaux, tu reviendras, pas avant!»

Édouard a pris une grande respiration, a posé une main sur son cœur, exactement comme sa mère lorsqu'elle s'apprêtait à dire quelque chose d'important.

Il n'était pas question qu'il sorte de ce bureau sans rien dire! C'était plus fort que lui, il fallait qu'il réponde, qu'il se dresse devant ce débile et lui cloue le bec! Dire quelque chose, n'importe quoi, mais ne pas rester silencieux, ne pas sortir d'ici la tête basse, honteux et humilié. Résister! Au risque de se retrouver en prison pour avoir insulté un militaire? Jouer le tout pour le tout, sauter à pieds joints dans le vide et advienne que pourra? Est-ce que ça en valait seulement la peine…

Il s'est levé sans réfléchir plus loin, a relevé la tête, *duchesse, viens à mon secours*, a regardé le soldat droit dans les yeux et a dit avec la voix mouillée de Renée Saint-Cyr:

«Si la mère patrie a besoin de moi, vous lui direz de me téléphoner, elle a mon numéro personnel!»

Au milieu de l'étonnement et de l'horreur qu'il a lus sur le visage du soldat, Édouard a cru deviner une espèce de respect, d'admiration peut-être, devant son front de beu, sa provocation. Son courage. Tenir tête, c'est le secret de tout! Et la tenir haute!

En sortant du bureau, il s'est dit que cette expression sur le visage de l'officier aura été sa récompense, quoi qu'il arrive.

La porte refermée derrière lui, il a failli s'écrouler sur le plancher de terrazzo. Une trentaine de paires d'yeux le regardaient, des jeunes hommes qui, au contraire de lui, avaient hâte de passer l'entrevue, ensuite l'examen physique, de se faire dire qu'ils étaient acceptés, qu'ils faisaient maintenant partie d'un groupe, qu'ils étaient enfin quelqu'un.

Il a traversé la grande pièce d'un pas faussement assuré et est sorti dans l'avenue des Pins les larmes aux yeux, à la fois humilié et fier de lui.

C'était la première fois qu'il se mesurait à quelqu'un qui *savait*, qui l'avait même deviné à première vue, qui l'avait lu dans ses gestes, dans sa façon de parler, alors qu'il était entouré – sa famille au complet, mademoiselle Desrosiers et ses sœurs, les clients qui se présentaient à la boutique – d'une foule de gens qui ne voyaient rien. Peut-être faisaient-ils juste semblant! C'était sûrement lui qui ne voyait rien. Peut-être parlaient-ils dans son dos, se moquaient-ils de lui, le traitaient-ils… Non. Sa mère le tannait sans cesse au sujet de son éventuel mariage, et personne, jamais, ne lui faisait sentir un quelconque soupçon. Mais tout se passait-il à son insu, était-il trop bête pour se rendre compte qu'il était la risée de tous les gens qu'il fréquentait? La nouvelle avait-elle débordé du Paradise pour se répandre comme une maladie infectieuse sans qu'un doute l'effleure? Ce qui devait être contenu au Paradise avait-il débordé pour aller troubler jusqu'à l'âme de sa mère? Était-ce là la raison pour laquelle elle invoquait si souvent l'idée de mariage? Pour le faire parler? Pour lui soutirer un aveu, une confession? Mais comment parler de ça à sa mère? À n'importe qui? Il semblait à Édouard qu'il n'y avait pas de mots pour exprimer ça, cet état qui était *lui*, considéré comme anormal, qu'il n'avait pas choisi et qui ne changerait jamais. Des farces, oui, des jeux de mots pleins de sous-entendus, des conversations sur le mode comique avec des pareils à lui, ses acolytes, ses complices, des déguisements, des chansons, des imitations, de quoi se saouler de rire pour éviter de faire sérieusement face à une réalité considérée comme honteuse. Pendant qu'il croyait faire rire, est-ce que c'est de lui qu'on riait, de ce qu'il essayait en vain de dissimuler alors qu'il se croyait en sécurité derrière la duchesse de Langeais?

Il se retourne dans son lit. Ce qui s'est passé durant la réunion du Ladies Morning Club Junior, cet après-midi-là, l'a beaucoup perturbé et l'empêche de dormir. Plus, même, que sa conversation avec sa mère où il avait encore été question de mariage. Et du maudit déménagement qu'il voyait comme une punition de plus. C'est plutôt ce qui est arrivé après la réunion qui l'a bouleversé.

La romance de Nadir terminée, Xavier Lacroix s'est tourné vers les trois faux musiciens qui s'étaient contentés de faire du bruit avant qu'il n'arrive et qui l'avaient religieusement écouté quand il s'était mis à faire de la vraie musique. Façon de se laver les oreilles, sans doute. Et Édouard a eu l'impression qu'il avait tout à coup devant lui quelqu'un d'autre, que le Xavier Lacroix arrogant, snob, supérieur, qui traitait la clientèle du Paradise comme ses vassaux – en tout cas jusqu'à l'arrivée d'Édouard qui lui avait rabaissé le caquet et avait même usurpé sa place comme chef de la gang de mésadaptés avec son sens du bon vieux fun –, avait disparu pour faire place à un petit garçon effrayé par une faute qu'il avait commise ou, pire, une catastrophe qui s'annonçait.

Et comme ça, en toute simplicité, les mains sur les genoux et les yeux baissés, il leur a parlé de la lettre qu'il avait reçue d'Europe, de la possibilité de voir débarquer à Montréal le seul homme qui l'avait jamais fait souffrir, cause de sa fuite au Canada, Valentin Dumas, beau comme un dieu et cruel comme un démon, du dilemme dans lequel il serait plongé, aider un compatriote qui avait réussi à s'extirper des griffes de la guerre et parachuté dans un pays inconnu, ou envoyer paître à son tour celui qu'il avait tant aimé et qui l'avait jeté comme un mouchoir après usage. Le problème était qu'il risquerait de se retrouver avec lui sur une scène montréalaise – les sœurs Giroux avaient besoin de sang neuf et se plaignaient sans arrêt de ne pas en trouver – parce qu'il était lui aussi acteur. Et, en plus, excellent.

Il avait cependant une bonne raison de lui tourner le dos : Valentin Dumas avait frayé avec l'ennemi, c'était impardonnable, et il pourrait en jouer pour s'éloigner du pestiféré que son ancien amant était devenu. Il pourrait même gangrener sa réputation en le répétant sur les toits, devenir un dénonciateur par pur besoin de vengeance. Mais y arriverait-il ? Aurait-il l'audace de descendre si bas ? En avait-il seulement envie ?

Il ne demandait pas conseil aux membres du Ladies Morning Club Junior, ils l'ont vite compris. C'était là une simple confession qu'il avait choisi de faire ici, cet après-midi-là, à eux qui n'étaient même pas ses amis, mais les seuls à qui il pouvait se confier parce qu'eux seuls pouvaient le comprendre.

Ils l'ont laissé parler, tête basse, mal à l'aise, ne sachant où regarder. Qu'auraient-ils pu dire? Quels conseils auraient-ils pu lui donner? Il parlait d'une chose que personne parmi eux n'avait jamais connue : une grande passion suivie d'une immense peine.

Quand il a eu terminé, il a fait claquer ses mains sur ses genoux et s'est levé.

« Excusez-moi. C'était le prix à payer pour *La romance de Nadir.* Oubliez tout ce que je vous ai dit, si vous voulez. Sinon, pensez à moi quand vous lirez dans *La Presse* le premier reportage au sujet de Valentin Dumas, le grand acteur français qui nous fait l'honneur de nous payer une visite au beau milieu de la guerre. Pour nous abreuver des grands classiques. Alors que c'est un paria qui s'enfuit pour éviter d'être lynché. Mais il y a une chose que je vous demande de ne pas oublier : cet homme est dangereux et ne le laissez jamais entrer au Paradise! N'allez même pas le voir jouer! »

Il a regardé Édouard avec un demi-sourire.

« Ce serait pire que lorsque vous avez laissé entrer la duchesse dans votre vie. »

Édouard s'assoit dans son lit, boit une gorgée d'eau.

Est-ce qu'on peut se corriger à cause d'un malheur annoncé? Est-ce que Xavier Lacroix a vraiment changé, ou si c'est juste la peur qui a déclenché chez lui une espèce de faiblesse passagère qui donne l'illusion qu'il s'est humanisé? Quand ils le reverront, un de ces soirs, après une représentation à l'Arcade, sera-t-il redevenu l'être désagréable que la clientèle du Paradise endure depuis des années, ou cette mauvaise nouvelle, cette angoisse de retomber dans de vieilles habitudes masochistes, en aura-t-elle fait un meilleur être humain ?

Il se recouche, mains derrière la tête.

Mais cette simple confession, si sincère, si touchante, quelle leçon tout de même !

À quoi bon réfléchir à tout ça ? Trop compliqué. Retour, donc, à l'humour, à la bouffonnerie, qui masquent tout et servent de baume aux plaies des déshérités.

Il se retourne, tapoche son oreiller… et ne se rendort pas.

La succursale de la Banque d'Épargne de la Cité et du District de Montréal que fréquente Victoire depuis quelques années est située à l'angle des rues Drummond et Sainte-Catherine, dans l'ouest de la ville. C'est une bâtisse prétentieuse, en pierre brune, presque rouge, flanquée d'une tour vaguement moyenâgeuse qui lui donne l'air du château de la méchante sorcière dans un conte de fées terrifiant. Ou d'une prison dans un roman d'Alexandre Dumas. Sur l'enseigne de métal qui se balance au-dessus de l'entrée, des abeilles jaunes virevoltent autour d'une ruche, sur fond bleu. On monte quelques marches, on pousse une énorme porte en bois et on est aussitôt frappé par le silence qui règne dans l'établissement. Comme dans une bibliothèque publique, on a l'impression qu'on va déranger tout le monde si on tousse trop fort ou si on parle sur un ton normal. Ou si on fait claquer le plancher de marbre. Tout est bois verni, marbre et bronze. On pense aussi à Charles Dickens. Ne manquent que les rangées de gratte-papier avec leurs manchettes de coton noir et leurs visières pour protéger leurs yeux de la lumière. Les comptoirs et les guichets sentent l'encaustique, les lampes de bronze poli jettent une lumière diffuse sur les surfaces où se signent les contrats importants ou les simples formulaires de dépôts ou de retraits. Tout le monde est silencieux, personne dans les queues devant les guichets n'ose parler et si, par malheur, un enfant hausse la voix ou pleure, sa mère, honteuse, essaie de le faire taire. Et se sent obligée de sortir en maugréant s'il n'obéit pas.

Victoire a choisi cette succursale parce qu'elle est située à l'autre bout de la ville et qu'il y a très peu de chances qu'elle y croise un jour quelqu'un qu'elle connaît. Elle s'y rend la plupart du temps à pied. Au début, en 1934, quand les femmes ont enfin eu le droit d'avoir un compte de banque à leur nom, elle attendait d'avoir fini son travail et d'être sûre que personne n'était à la maison – et que Télesphore cuvait sa bière – avant de se glisser dans la ruelle des Fortifications, monter jusqu'à Sainte-Catherine, tourner vers l'ouest et traverser la ville à petits pas en scrutant chaque vitrine qu'elle croisait pour admirer les choses qu'elle ne pourrait jamais se payer. Encore maintenant, elle serre son sac contre elle et évite le regard des passants qu'elle trouve louches, c'est-à-dire la plupart d'entre eux, en particulier les hommes. Que font-ils là, au beau milieu de la journée, à traîner dans la rue Sainte-Catherine et à reluquer les femmes ? Ils n'ont pas de métier ? Sans doute des orateurs de taverne comme son mari, des beaux parleurs qui ne font que pérorer sans daigner lever le petit doigt pour subvenir aux besoins de leur progéniture.

Aussi pauvre soit-elle, Victoire, depuis des dizaines d'années, gratte tous les sous qu'elle peut cacher à sa famille pour les mettre de côté. Ce qu'elle a épargné en achetant des denrées de seconde qualité ou des morceaux de viande dont personne ne veut, les abats, par exemple, que sa famille, heureusement, apprécie, des pourboires, aussi minimes soient-ils, que certains locataires lui donnent parfois, pour Noël ou Pâques, l'argent économisé avec les vêtements qu'elle ne s'est pas achetés, tout ce qu'elle peut dissimuler sans danger de se faire prendre. Autrefois, elle cachait ses économies dans un coffre en bois au fond du placard de sa chambre, maintenant elle les dépose dans un compte secret qu'elle a ouvert à la Banque d'Épargne de la Cité et du District de Montréal, un nom qu'elle a mis des mois à mémoriser parce qu'il lui manquait toujours un élément, épargne, cité ou district. Pourquoi ce compte de banque secret? Pas pour elle, en tout cas. Elle n'y a jamais touché, elle s'est toujours contentée de déposer, chaque semaine, ce qu'elle avait pu grappigner, quelques sous ou, parfois, pas souvent, un dollar complet. Elle n'a pas l'intention de garder cet argent pour elle, elle n'est même pas venue y puiser dans les moments difficiles que vient de traverser sa famille.

Parfois, elle ouvre son carnet d'épargne et s'étonne de voir les intérêts s'accumuler. De l'argent qui fait des petits… À vrai dire, elle ne sait pas pourquoi elle laisse cette somme grandir et se gonfler. Pour léguer à ses enfants à sa mort? Peut-être… Ce n'est pourtant pas un montant énorme, c'est un tout petit pécule, mais pour elle ça représente une fortune. Lorsqu'elle y pense, lorsqu'elle essaie de comprendre ce secret si bien gardé et pourtant si dérisoire, elle se dit qu'un jour elle en aura un pressant besoin. Elle ou sa famille.

Ce jour est arrivé et elle se sent nerveuse en entrant dans la succursale de la banque parce qu'elle va remplir le premier bordereau de retrait de sa vie.

Elle fait la queue, plus nerveuse que d'habitude, elle étire le cou pour compter les clients qui la précèdent, elle sacre intérieurement contre ceux qui prennent trop de temps pour faire leurs transactions. Il reste trois personnes devant elle, deux, une… Son tour vient. Au grand soulagement de Victoire, c'est Gaétan qui trône derrière le guichet, un jeune homme tout pétillant, toujours gentil avec elle, et qui ne pose jamais de questions comme l'autre, là, le gros Henri, trop curieux à son goût et qui voudrait bien savoir pourquoi cette vieille dame ne fait jamais de retrait.

« Ça serait pour retirer de l'argent… »

Gaétan se penche vers elle.

« Parlez plus fort, madame. J'vous entends pas. »

Victoire élève la voix tout en se demandant si elle ne va pas se réverbérer sur les murs de la banque et déranger tout le monde.

« Ça serait pour retirer de l'argent…

— Vous avez pas rempli votre bordereau ? Y fallait le remplir avant de vous présenter à la caisse, madame… »

Victoire rougit. Croyant la vieille dame analphabète, certaines clients le sont, Gaétan prend un bordereau sur une pile qu'il garde à côté de sa caisse.

« J'vas le remplir pour vous… Ça va me faire plaisir. Combien vous voulez retirer ? »

Victoire s'est longtemps posé la question. Qu'est-ce qu'un déménagement peut bien coûter ? Elle a téléphoné à quelques compagnies et a été affolée du prix qu'ils demandaient. Surtout que ce déménagement n'est pas comme les autres. Il est triple : elle-même va enfin quitter la ruelle des Fortifications, Gabriel et sa famille leur logement insalubre de la rue Papineau et Albertine le coqueron dans lequel son mari l'a abandonnée quand il est parti pour la guerre. Ils ont eu beau parler de mettre leur argent ensemble, il n'y en avait pas assez. Vider trois appartements en même temps, ça prend du temps et de l'argent…

« Dites-moi un chiffre, madame, y a du monde qui attendent derrière vous… »

Victoire est au bord de la panique. Cent dollars ? Plus ? Moins ? Moins, il faut que ça coûte moins de cent dollars…

« Cinquante. Cinquante piasses, ça va faire… »

En ouvrant le carnet de Victoire, le caissier fronce les sourcils.

« J'vois que vous avez jamais retiré d'argent, madame… »

Victoire relève la tête, redresse son chapeau, pose son sac à main sur le comptoir.

« C'est parce que j'en ai jamais eu besoin. »

Un déménagement pas comme les autres

Montréal, août 1941

« Tout le monde déménage en mai, nous autres, fallait qu'on déménage en août ! »

Victoire donne un coup de pied à Albertine sous la
table. Nana fait comme si elle n'avait rien vu et ajoute
un peu de sucre à son thé.

« J'pense que le thé commence à être un peu vieux…
On devrait s'en faire du frais… »

Elle se lève péniblement de sa chaise droite – la journée a été longue et difficile – et va remplir la bouilloire au robinet de l'évier.

« La pression d'eau est ben plus forte ici que sur la
rue Papineau. C'est toujours ben ça de pris… »

Victoire fait des gros yeux à Albertine qui hausse les
épaules en signe d'impuissance avant de murmurer à
l'oreille de sa mère pendant que Nana ne les entend
pas à cause de l'eau qui coule :

« Ça va prendre combien de temps avant qu'on soit
pas obligés de faire attention à tout ce qu'on dit ?

— Même si ça prend ben du temps, faut attendre,
Bartine. Faut attendre que Nana se remette un peu…

— A' s'en remettra jamais…

— C'est une femme courageuse.

— Ça a beau être une femme courageuse, une
affaire de même, ça peut mettre à terre pour des

59

années… Pis on vient de déménager avec elle. Ça va être beau… »

Nana vide la théière dans l'évier, la rince, y ajoute une grosse cuillerée de thé des Indiens dont l'arôme remplit la maison de rêve de liberté et de grands espaces. C'est ce que ses grands-parents buvaient en Saskatchewan. Toute son enfance est là.

« Si ça vous fait rien, j'vas me faire de mon propre thé. Si vous en voulez pas, j'peux vous faire une théière de Salada. »

Albertine proteste, sans doute pour se faire pardonner sa gaffe. Elle déteste le thé des Indiens dont elle dit qu'il goûte les remèdes et qu'il la rend nerveuse. Et l'empêche de dormir.

« Non, non, c'est correct, Nana. Faites de votre thé, moman va en boire. Moi, j'vas attendre un peu, j'en ai assez bu pour après-midi. »

Nana tutoie Albertine, alors que cette dernière lui a toujours dit vous. La différence d'âge n'est pourtant pas grande, à peine quelques années. Nana croit que c'est pour garder ses distances, parce qu'elle n'a jamais senti de vraie sympathie de la part de sa belle-sœur, ce en quoi elle a tort parce qu'Albertine la vénère ; Albertine, de son côté, n'y a jamais réfléchi. Elle le fait automatiquement, peut-être parce que Nana l'impressionne.

« J'vas rincer nos tasses… »

Albertine vient se placer à côté de sa belle-sœur qui doit se pousser un peu pour lui faire de la place.

« J'pense qu'on va se retrouver pas mal souvent dans les pattes l'une de l'autre, dans' cuisine, Bartine. Trois femmes dans' maison, ça sera pas simple… Pis trois femmes avec des tempéraments… J'pense que le secret, ça va être de faire à manger pour tout le monde en même temps... Juste un repas pour tout le monde, pas un repas différent pour chaque famille... Pis on va pouvoir mettre nos coupons de rationnement ensemble, ça va être commode...

— Oui, j'suppose qu'on va s'habituer.

— Va falloir s'habituer à pas mal d'affaires... »

Ils viennent le jour même d'emménager dans l'appartement de la rue Fabre – plus de trois mois après le 1er mai, date officielle des déménagements, à Montréal –, à cause de l'été horrible que la famille de Nana vient de traverser. Organiser un déménagement en plus du reste aurait sans doute tué Nana. Mais ils sont tous incapables d'en parler, le sujet est encore trop délicat, la douleur trop profonde. Si elle a cessé de pleurer et de hurler comme elle l'a fait pendant des mois après le grand malheur qui les a frappés, Nana est tout de même trop fragile pour aborder la question avec qui que ce soit. Même avec Gabriel qui désespère de jamais la voir revenir comme elle était. Sa Rhéauna énergique, débrouillarde, drôle, a-t-elle disparu dans le sillon de la mort? Lui-même, Nana le sent, elle l'a deviné dans ses gestes, elle l'a lu dans ses regards, puisqu'ils n'en parlent pas, a de la difficulté à ne pas se laisser sombrer dans le désespoir. Il a lui aussi voulu mourir au printemps, il se serait volontiers laissé sombrer dans la boisson pour essayer d'oublier, de desserrer ce nœud qui lui comprimait continuellement la gorge, d'écouter cette envie de tout abandonner, de disparaître sans laisser de traces, n'importe quoi, n'importe quoi pour oublier, mais son amour pour Nana et pour les deux enfants qu'il leur reste est trop grand. Et, elle le sait, il n'est pas un goujat. Ce n'est peut-être pas l'homme le plus courageux ni le plus dégourdi du monde, mais ce n'est pas un sans-cœur.

C'est ça, le prix à payer, quand on n'est pas un sans-cœur? Endurer?

Nana est revenue s'asseoir avec les autres.

«On est ben claires toutes les trois, là. C'est ben entendu? Toi, Bartine, tu prends le grand salon double, en avant, vous, vous prenez le petit, Gabriel pis moi, on s'installe dans la chambre qui donne dans la salle à manger.»

Les deux autres se contentent d'acquiescer.

«Pour ce qui est des enfants, par exemple, c'est plus compliqué. Thérèse pis Marcel peuvent partager le grand salon double avec toi, Bartine, comme ça tu pourras t'occuper de Marcel si y fait pas ses nuits. Édouard va prendre la petite chambre du fond du deuxième salon double, même si ça veut dire dormir quasiment dans la même chambre que sa mère, à son âge…»

Victoire lève la main pour l'interrompre.

«On va mettre un rideau… Pis je dors dur, Édouard me dérangera pas, même quand y rentre tard.»

Nana dépose sa tasse dans la soucoupe, hésite avant d'ajouter ce qu'elle a à dire.

«Ça règle pas le cas de mes deux garçons, par exemple… Flip peut toujours coucher avec Thérèse dans le sofa qui ouvre, dans le salon, on en a déjà parlé, mais des cousins de dix ans qui couchent dans le même lit… Mais t'as raison, Bartine, y sont trop jeunes pour penser à mal… C'est Coco qui m'inquiète… Y peut quand même pas coucher dans notre chambre, c'est pas assez grand, pis on a besoin de notre… intimité, Gabriel pis moi… J'avais pensé le faire dormir dans la salle à manger, sur le gros sofa que t'as rapporté de ton ancien appartement, Bartine, mais dormir au milieu du passage de tout le monde…

Y est en pleine croissance, y faut qu'y dorme ses nuits…»

Victoire étend la main par-dessus la table, la pose sur celle de Nana.

«On pourrait peut-être demander à Madeleine de le reprendre pour un temps, comme au début de l'été. Y avait pas l'air trop malheureux… Y avait surtout l'air de comprendre… Y est tellement raisonnable. Le temps qu'on trouve une solution… Parce qu'y doit y en avoir une… A' reste pas loin, c'est à peine à cinq minutes de marche d'ici, y pourrait prendre ses repas avec nous autres. En tout cas, celui du soir…»

Nana retire sa main en sursautant.

«Y en est pas question! J'me séparerai pas d'un autre de mes enfants! Coco va rester avec nous autres! On va trouver une solution! On va rester ensemble! Ma famille sera pas séparée!»

Albertine s'est appuyée contre le dossier de sa chaise en croisant les bras, l'air buté. Sa mère sent venir une remarque mal à propos, une parole malencontreuse qu'il sera difficile d'expliquer ou de justifier – Albertine n'a jamais eu le sens de la diplomatie et a le don de dire des choses insultantes sans s'en rendre compte, c'est du moins ce qu'elle prétend – et essaie d'attraper son regard pour lui faire comprendre de se taire.

Il est trop tard.

«J'vous dis que ça arait été beau si vous aviez été avec vos quatre enfants… J'vois ça d'ici! Entassés comme des Esquimaux!»

Nana regarde Albertine pendant quelques secondes. Ce qui se lit sur son visage est un mélange d'horreur, d'incompréhension et de mépris. Elle n'a jamais méprisé qui que ce soit dans sa vie, ce n'est pas dans sa nature, mais après une remarque aussi dénuée de compassion et de bon sens, elle se retrouve désarmée, comme si on venait de lui retirer tous ses moyens d'un seul coup, et tout ce qui lui reste est un profond sentiment de mépris pour cette femme insensible avec qui elle est obligée de cohabiter pour survivre à la guerre et à la pauvreté. Elle pourrait la frapper, l'insulter, ça ne changerait rien. Albertine vient de jeter de l'huile sur le feu et toutes ses plaies se sont rouvertes d'un seul coup.

Elle se lève sans rien dire et sort de la cuisine.

Albertine ne semble pas se rendre compte de l'état dans lequel elle vient de plonger sa belle-sœur.

« Ça règle pas le cas de Coco, ça… Où est-ce qu'on va le mettre ? Peut-être installer un lit pliant entre vos deux chambres, à vous pis à Édouard, à la place d'un rideau… »

Victoire lance un long soupir en se disant que les jours vont être longs et orageux dans ce nouvel appartement décidément trop petit pour neuf personnes.

Elle s'est appuyée de la main gauche contre la vitre sale de la fenêtre. Les anciens occupants n'ont pas pris la peine de faire le ménage avant de partir. Cette idée lui est venue à l'esprit, la seule chose qu'elle a trouvée, en fait, pour essayer de tenir la douleur à distance, du moins pour un moment : il faudrait poser un rideau le plus vite possible, sinon ils ne pourront pas dormir, le matin, Gabriel et elle... S'accrocher à cette idée, la développer, concentrer son esprit sur la fenêtre sale, les rideaux en dentelle qu'elle ira acheter avenue du Mont-Royal – avec quel argent, mon Dieu, avec quel argent ? –, le store de toile, le fait que ce ne serait pas si grave, après tout, les premiers jours, parce que la chambre donne à l'ouest et que le soleil, le matin, sera plutôt du côté des deux salons doubles à l'autre bout de l'appartement... Le soleil n'atteindra leur chambre qu'en fin d'après-midi et ne les dérangera jamais. Quoi d'autre ? À quoi penser ?

Et soudain elle est là, intacte, insupportable, inévitable. C'est comme un seau d'eau bouillante déversé sur son corps, un coup de poing dans l'estomac qui lui scie les jambes. Si elle n'avait pas déjà été penchée, appuyée de la main gauche contre la vitre sale de la fenêtre, elle se serait pliée en deux, se serait peut-être écorché le front. Elle recule de quelques pas, étourdie, désorientée, s'assoit sur le matelas nu du lit et se laisse couler dans la mer de douleur en sachant qu'elle ne s'y noiera pas parce qu'elle a déjà touché le fond, plusieurs fois, et qu'elle a toujours fini par émerger, malgré elle, oui, souvent malgré elle. Elle serait volontiers restée au fond de l'eau dans l'espoir qu'on vienne la chercher – qui ça, *on*? Dieu, la Vierge, les Saints, les anges, ceux-là mêmes qui les lui ont enlevés, les responsables de leur disparition? – pour aller rejoindre ses deux enfants… ses deux enfants…

Perdre un enfant est une chose terrible, en perdre deux en l'espace de quelques mois est indicible, inimaginable, d'une cruauté tellement injuste que la seule réaction possible, avec les cris et les larmes, bien sûr, est ce besoin irrépressible d'insulter ceux qu'on tient responsables. Nana passe encore ses nuits à maudire la population complète du ciel, à déshabiller les autels, à utiliser des mots qui font rougir tant ils sont laids, elle blasphème, elle accuse, elle condamne. Quelqu'un a-t-il déjà condamné Dieu à l'enfer éternel? Elle l'a fait. Elle fera peut-être un acte de contrition, un jour, il se pourrait qu'elle finisse par regretter les propos qu'elle tient chaque nuit depuis des mois, en attendant elle ne regrette rien et y trouve sinon du soulagement, du moins quelque chose qui ressemble à une joie méchante.

Parce qu'elle ne s'est pas sentie coupable. Pas une seconde. Pas une seule fois elle ne s'est demandé ce qu'elle avait pu faire pour mériter une telle punition. Non, elle sait qu'elle a été une bonne mère, qu'elle a adoré ses deux plus vieux enfants comme elle aime les deux plus jeunes. Sans doute pas exemplaire, elle est loin d'être parfaite, mais dévouée, oui, présente, réconfortante ou sévère quand il le fallait. Elle a vécu pour eux, faute d'argent elle les a nourris avec des riens déguisés en quelque chose d'attrayant et de bon à manger. Elle en a fait des enfants bien élevés ! Et elle a été punie sans raison, frappée de plein fouet, abattue à bout portant à l'âge de trente-neuf ans, fauchée, elle a été fauchée, et elle ne sait plus comment vivre.

Ceux qui l'aiment lui pardonnent, elle le sent et leur en sait gré. Mais elle s'en veut de ne pas trouver le courage de se ressaisir pour sa famille qui a tant besoin d'elle, Gabriel, si faible, au fond, malgré ses airs de matamore, Richard, le doux Richard, qui la regarde sans rien dire, les yeux pleins d'eau, Philippe, le bouffon de la famille, le joueur de tours, qui semble avoir été terrassé au milieu d'une pirouette. On dirait qu'ils attendent sa permission pour continuer d'exister, alors qu'elle-même n'a d'existence qu'à travers la désolation et l'inertie.

Peut-être que ce maudit déménagement leur sera bénéfique, en fin de compte. Voir du monde, vivre autre chose, même au prix de la promiscuité, occuper leur esprit ailleurs, loin d'elle : les chicanes entre Victoire et Albertine, les crises de Thérèse qui, à dix ans, agit comme une adulte, Marcel, le bébé bleu dont il faut s'occuper sans arrêt parce qu'on ne sait pas encore s'il survivra, et Édouard qui, lui, n'a pas tout à fait abandonné l'idée de la faire rire, un jour. Et qui lui a promis de s'occuper d'elle comme s'il était son infirmier attitré.

Lorsque le docteur Sanregret avait prononcé le mot *tuberculose*, Nana s'était d'abord demandé pourquoi il ne disait pas consomption, comme tout le monde. Juste avant que l'horreur s'empare d'elle, un court moment de déni, une façon, sans doute, de retarder l'instant où elle comprendrait que toutes ses craintes devenaient réalité, que la maudite maladie qui hantait son esprit, qui l'empêchait de dormir depuis qu'ils s'étaient mis à tousser, s'était *vraiment* emparée des corps si fragiles de ses deux plus vieux enfants. Et, surtout, que l'espoir de les garder avec elle était presque réduit à néant. La tuberculose faisait des ravages depuis des années, des histoires terribles couraient dans toutes les familles, mais Nana, femme forte, avait longtemps cru dur comme fer que la sienne était immunisée.

En attendant son tour dans le bureau du cabinet du docteur Sanregret, un peu plus tôt, elle avait su. Elle n'avait pas pensé au mot lui-même, elle se serait mise à hurler, elle avait seulement revu les deux petits visages exsangues, la rougeur qui colorait leurs joues quand ils se mettaient à tousser, leurs regards d'incompréhension quand ils s'étouffaient. Les premières traces roses dans leurs mouchoirs. Et la lutte qu'elle avait menée depuis l'atroce séance de radiographie. (Leurs faces apeurées derrière l'énorme machine!) Les mouches de moutarde dont le docteur disait qu'elles étaient inutiles, qu'elles ne faisaient que brûler la peau et qu'elle s'était entêtée à imposer à ses enfants. Un remède de bonne femme, un cataplasme ridicule contre la peur. *De la moutarde! Franchement! De la moutarde!* Le soulagement quand ils passaient une nuit à peu près normale, leur faiblesse, au petit matin, l'impression d'impuissance devant leur pâleur de plus en plus prononcée, les questionnements au fond de leur regard.

Après l'annonce de la terrible nouvelle – le couperet qui tombe, le moment qui tranche le fil de la vie, qui fait qu'il y a eu un avant et qu'il y a un après –, elle n'avait pas parlé. Elle avait regardé le médecin droit dans les yeux, suppliante, *s'il vous plaît, retirez ce que vous venez de dire, revenons en arrière, dites-moi que c'est juste une grosse grippe.* Il avait, en vain, essayé de se faire rassurant. Il avait parlé d'un nouveau remède, la pénicilline, qui faisait des miracles, mais difficile à trouver parce qu'on la réservait aux blessés de guerre, en Europe. *Pourquoi me parler de ça si on peut pas s'en procurer?* Les sanatoriums, si nombreux, et dont on disait tant de bien. *Vous savez ben qu'on n'a pas les moyens! Les sanatoriums, c'est pour le monde riche...* L'air pur de la campagne, *est-ce que vous connaissez quelqu'un qui habite la campagne?* Une petite lueur. *Oui! Oui! On connaît du monde! Du côté de moman. Sont ben fins. Y accepteraient peut-être... Si y ont pas peur. Si y ont pas peur de la consomption...*

Pendant un moment elle s'était accrochée à cet espoir, un projet avait été mis sur pied, des lettres avaient été échangées, Rose et Simon, de Duhamel, avaient fini par téléphoner pour dire qu'ils acceptaient, aussi longtemps que les enfants auraient besoin d'air de la campagne, que ça leur ferait plaisir de prendre soin d'eux, *envoyez-nous-les, on va les remettre su' l' piton, c'est pas la consomption qui va venir à bout de nous autres!*

Pendant ce temps-là ils toussaient à fendre l'âme, elle leur disait *attendez, attendez un peu, moman va aller vous reconduire dans un bel endroit qui va vous guérir! On va faire un beau voyage en train!* Ils étaient en quarantaine dans une petite chambre presque impossible à chauffer, elle seule avait le droit de les voir, de s'asseoir à leur chevet, de se pencher sur eux, sans crainte d'attraper la maladie, de les embrasser et de leur prodiguer des paroles d'encouragement auxquelles elle croyait de moins en moins.

Gabriel restait figé dans sa douleur. Il partait travailler tête basse, revenait inquiet, souvent paqueté parce qu'il était allé noyer sa peine à la taverne. Comme son père.

On avait envoyé Richard habiter chez sa tante Madeleine, la sœur de Gabriel. Il n'y était pas heureux, mais ne se plaignait pas. Quant au plus jeune, il ne semblait pas comprendre tout à fait ce qui se passait et restait tranquille, c'était pourtant contre sa nature, parce qu'il sentait que quelque chose de grave se passait dans la maison.

Les deux malades n'étaient jamais partis pour Duhamel.

Les derniers temps, quand ils étaient à l'hôpital dans une aile réservée aux tuberculeux, elle traversait le parc La Fontaine en pleurant, elle essuyait ses larmes avant d'entrer dans leur chambre – on avait fait une exception pour eux parce qu'ils étaient frère et sœur – et elle réussissait à leur sourire. Tout explosait en elle, tout était sens dessus dessous, mais elle réussissait à leur sourire. Et à les rassurer.

Quatorze et seize ans. Quatorze et seize ans !

C'est là qu'elle avait commencé à blasphémer. À l'insu de ses enfants qu'elle rassurait d'un sourire. Ce furent d'abord ces mots laids que seuls les hommes utilisaient, des dérivés, des variations sur le nom des objets sacrés, vidés de leur contenu religieux parce que transformés et tordus à en devenir presque méconnaissables, mais aux consonances fortes, qui sortaient de sa bouche comme des crachats sans s'adresser à quelqu'un en particulier. Puis, peu à peu, comme si elle rajustait le tir, ils eurent une cible : un Créateur injuste et sans cœur qui distribuait des punitions à ceux qui ne les méritaient pas et qui exigeait, en plus, qu'on continue à l'adorer. Elle l'abreuvait d'injures sans que ça lui fasse le moindre bien, alors elle s'est arrêtée parce que c'était inutile. Elle a mis sa fureur de côté pour se concentrer sur l'agonie de ses deux enfants.

Elle les a accompagnés jusqu'à la fin. En leur tenant la main, en changeant les linges mouillés sur leur front quand ils faisaient trop de fièvre, en leur parlant doucement pendant leurs pires quintes de toux.

Sa fille, la prunelle de ses yeux, sa princesse, est partie en premier. Avec une grande douceur, comme si elle n'avait plus eu assez de forces pour tousser. Elle s'est arrêtée de tousser tout d'un coup, puis elle a semblé s'endormir. Nana a eu l'impression que c'était elle qui avait soufflé la bougie.

Son garçon a lutté plus longtemps. Il ne voulait pas lâcher prise, il disait qu'il refusait de mourir, qu'il était trop jeune, qu'il avait une vie à vivre, des enfants à mettre au monde, que tout ça était trop injuste, qu'il n'abdiquerait pas, et il est mort déchaîné contre sa propre impuissance.

Deux enterrements de pauvres en moins de deux mois.

L'église de l'Immaculée-Conception au petit matin parce que ça coûte moins cher, un prêtre embarrassé qui ne trouve rien à dire pour justifier la mort d'un enfant et qui va puiser dans l'Ancien Testament des inepties qui ne signifient rien et ne consolent pas.

La famille de Nana et celle de Gabriel qui mêlent leur douleur.

Et elle, au milieu de tout ça, anéantie et muette devant les cercueils blancs. Parfois elle se dit que c'est ça, le souvenir le plus douloureux, en tout cas le plus triste : le petit cercueil en pin blanc, l'odeur de l'encens qu'elle ne pourra plus jamais supporter, les adieux définitifs et mal formulés parce qu'on ne trouve pas les mots pour exprimer l'horreur, la sortie précipitée de l'église – on leur a dit qu'un autre enterrement attendait ou bien un mariage de pauvres célébré tôt –, puis le trou dans le sol du cimetière de l'est. Deux fois en quelques mois.

Gabriel a perdu toute sa superbe, courbé, un arbre qui va s'abattre d'un moment à l'autre pour ne plus jamais se relever, un autre homme qui va s'enfermer en lui-même pour devenir dur comme la pierre. Quant aux deux plus jeunes, ils ne comprennent pas toutes les implications de ce qu'ils sont en train de vivre.

Elle est maintenant couchée sur le dos, les mains posées de chaque côté d'elle sur la surface satinée du matelas nu. Elle aimerait rester là, ne plus jamais avoir à se relever.

Elle sait qu'il est là sans l'avoir entendu venir.

Richard. Son Coco. Le troisième de ses enfants, désormais l'aîné, le négligé, le sacrifié entre les plus vieux qui prenaient toute la place parce qu'ils étaient malades et le dernier qui faisait tout pour attirer l'attention. Le plus discret. Peut-être le plus sensible. Si touchant avec ses oreilles décollées et ses taches de rousseur. Où a-t-il pris ça, des taches de rousseur ? Il n'y en a jamais eu du côté des Desrosiers ni de celui de Gabriel. Les Rathier, peut-être. Un petit héritage de la Nouvelle-Angleterre, de la lignée de son grand-père.

« Qu'est-ce que vous faites, comme ça, moman, couchée sur le dos dans le lit ? Dormiez-vous ? »

Elle lui fait signe de s'approcher. Il vient s'asseoir près d'elle sur le matelas nu où elle n'a pas encore eu le temps d'installer un drap propre.

«Moman était fatiquée. A' se reposait, un peu. Comment ça a été, au parc? Flip a pas été trop tannant?

— Flip est toujours trop tannant. Mais on est habitués…»

Elle lève les yeux vers le plafond. Des craques autour de la moulure en plâtre au milieu de laquelle un plafonnier a dû être suspendu, si on en juge par les deux fils électriques qui dépassent du trou central. Une autre chose à réparer.

«Ça te fait pas trop peur de changer d'école, mon petit chien?»

Il joue avec un bouton du matelas. Il a quelque chose à lui dire. Ou à lui demander.

«Non. J'suppose que toutes les écoles sont pareilles… Pis c'est la même sorte de frères enseignants…»

Il est trop raisonnable, il va sans doute en souffrir, un jour…

«As-tu quequ' chose à me dire ou à me demander, mon petit chien? Aie pas peur. Tu sais que tu peux tout me dire… Chus ta mère.»

Ses lèvres tremblent. Il va pleurer. C'est grave.

«J'veux rester avec vous autres, moman. J'veux pas retourner chez ma tante Madeleine…

— Qui t'a dit qu'on voulait te renvoyer chez ta tante Madeleine?

— Y a pas assez de place, ici, je le sais. Est ben fine, ma tante Madeleine, pis ses enfants aussi, mais chez eux, c'est pas chez nous! Chez nous, c'est ici, avec vous autres! Pis y a pas de place pour moi! J'viens de faire le tour de la maison… Où est-ce que j'vas coucher, moman, où est-ce que j'vas coucher?»

Elle lui prend la main. La serre fort.

«Dis pas ça! Si on t'a envoyé chez ta tante Madeleine, c'est pas parce que y avait pas de place pour toi. C'était

parce que tout était chambardé, pis que moman…
pis que moman pouvait pus s'occuper de vous autres
comme elle aurait dû… C'tait à cause de moi, Richard,
pas parce que y avait pas de place pour toi ! Tu sais ben
qu'y a toujours de la place pour toi !

— Où est-ce que j'vas coucher, moman ? Vous avez
pas répondu… »

Elle se redresse dans le lit tant bien que mal. Son
embonpoint l'empêche de se mouvoir comme avant.
Elle a mangé n'importe quoi et n'importe comment
pendant près d'un an et son corps s'en ressent. Déjà
qu'elle avait commencé à prendre sérieusement du
poids avant… avant les événements.

« Pour à soir, peut-être pour quelques jours, on va
t'installer dans le gros sofa que ma tante Bartine a rapporté de son ancien appartement. On l'a installé dans
la salle à manger, en face du radio. Chus sûre qu'y est
confortable… Tu vas être près de nous autres, ton père
pis moi, notre chambre donne sur la salle à manger…
Tu vas voir, on va trouver une solution.

— Où, moman, où ? Ça va être où, ma chambre ?

— Je le sais pas, mon Coco. Mais on va trouver. »

Il se lève et sort de la chambre.

« C'est toujours moi qui paye ! »

Le lit est bien petit. Un lit d'enfant. En fait, c'est celui dans lequel dormait Thérèse jusqu'à la veille au soir. Albertine, sachant que le lit de sa mère serait trop grand pour sa nouvelle chambre, le lui a offert, au téléphone, il y a quelques semaines. Victoire s'est aussitôt empressée d'accepter. Et c'est avec un évident plaisir que le matin même elle a laissé derrière elle la couche qu'elle a si longtemps partagée avec Télesphore. Le vieux lit de bois qu'elle traînait avec elle depuis son mariage est donc resté, avec ses mauvais souvenirs, dans l'appartement de la ruelle des Fortifications.

La chambre aussi est petite. Mais la fenêtre qui donne sur le palier de l'escalier extérieur rachète tout. Enfin, de la lumière! Après tant d'années. Le ciel, des arbres, des enfants qui jouent sur le trottoir, des voitures qui passent, le vendeur de patates frites, le crieur de glace… Victoire n'a rien vu de tout ça pendant une partie de sa vie parce que le logement de concierge que sa famille occupait était situé au sous-sol d'un vieil édifice et que les fenêtres, haut placées, juste sous le plafond, ne laissaient voir que les jambes des passants. Et rien du tout, l'hiver, à cause des bancs de neige. Elle pense à ses pauvres enfants qui ont été élevés dans la demi-obscurité, en tout cas les plus jeunes, Édouard et Madeleine, l'électricité allumée toute la journée, jamais de lumière naturelle. Elle ne ressent aucune culpabilité devant ce qu'elle a fait à son mari, mais ça, des enfants, les siens, qui grandissent dans un logement humide et sombre, lui fait monter aux yeux des larmes de regret. Mais à quoi bon penser à tout ça… Elle n'a jamais eu le choix…

Édouard arrive justement au pied de l'escalier extérieur qu'il s'apprête à grimper. Il lève la tête, peut-être pour jauger la maison dans laquelle il va vivre désormais, aperçoit sa mère à travers la vitre, lui envoie la main, un grand sourire aux lèvres. Elle répond à son salut, se penche pour lui parler dans l'ouverture de la fenêtre à guillotine.

«T'arrives plus de bonne heure que d'habitude…»

Il monte les marches avec une étonnante rapidité pour un homme de sa corpulence, s'arrête juste devant elle.

«C'est incroyable, moman! Ça m'a même pas pris trois minutes, j'ai juste eu la rue Fabre à monter! D'habitude, ça me prenait quasiment une heure pour rentrer du travail! J'vas sauver deux heures tous les jours!»

Il a disparu. Elle l'entend ouvrir la porte. Quelques secondes plus tard, il surgit dans la chambre en sautillant.

«Mademoiselle Desrosiers m'a donné congé pour demain. Pour que je vous aide à défaire les caisses…»

Il se jette sur elle, l'embrasse sur les deux joues.

«Enfin, pas vous, parce qu'à partir d'à c't'heure, vous faites pus rien dans' maison! On va s'occuper de toute, moi pis les autres, vous, vous allez vous reposer! Y était temps!»

Elle voudrait sourire, n'y arrive pas.

«C'est ben ça qui m'inquiète…

— Quoi, qu'est-ce qui vous inquiète? De vous reposer?

— Oui. De me reposer. Chus pas habituée…

— Vous allez voir, ça sera pas long. On s'y fait vite.

— Chus pas habituée à rien faire, Édouard. Que c'est que j'vas faire de mes grandes journées?

— Vous allez vous trouver des moyens de vous occuper… Ça va juste être des affaires moins dures qu'avant… pis plus agréables…

— Me vois-tu tricoter, toé? Me vois-tu coudre? Chus t'habituée à laver des planchers pis à sortir des poubelles!»

Il lui prend la main, y dépose un baiser sonore.

«Pensez pas à ça. Inquiétez-vous pas d'avance. Laissez-vous aller! Les journées vont peut-être être longues au commencement, mais ça sera pas long que la paresse va vous pogner, vous allez voir… On va vous abonner à la bibliothèque municipale, vous aimez ça, lire! Vous pis Nana, vous allez vous échanger vos livres… J'vas aller les chercher moi-même pour vous, hiver comme été!»

Elle lui donne une petite tape sur la joue.

«Fais pas de promesses que tu pourras pas tenir, juste pour me consoler, Édouard.»

Ils s'assoient sur le lit d'enfant. Les ressorts grincent et Victoire se demande si ça va l'empêcher de dormir.

«Vous disiez toujours que vous étiez fatiquée, moman…

— Je l'étais. Je le suis. Ça veut pas dire que ça me tente de *juste* me reposer…

— Demandez à Bartine ou ben à Nana. Y vont ben vous trouver des affaires à faire…

— Tant qu'à ça… Chus encore capable de tenir une maison… Pis je fais encore du bon manger…

— Tiens, demain vous nous aiderez avec les caisses de linge… C'est pas pesant, du linge…

— Mais trois femmes dans une maison, ça sera pas toujours drôle… Qui c'est qui va décider de ce qu'on va manger ? On peut pas mettre toutes les responsabilités sur les épaules de Nana. Surtout après c'qu'a' traverse… »

Elle hausse les épaules, bouge les fesses pour vérifier si les ressorts ne grincent pas trop.

« En attendant, r'garde, c'est ça ta nouvelle chambre… »

Édouard se lève, traverse la porte d'arche qui sépare les deux pièces du salon double, inspecte pendant quelques secondes ce qui sera sa chambre à partir d'aujourd'hui.

« C'est pas grand, hein ? Y a juste de la place pour ton lit, une table de chevet pis une armoire. »

Elle le voit, de dos, courber la tête, arrondir les épaules. Il paraît encore plus gros dans cette minuscule pièce sombre, sans fenêtre, plus un réduit qu'une chambre à coucher.

« Dis-toi que tu vas être là juste pour dormir. Que le reste du temps, tu vas être avec nous autres, dans la cuisine ou la salle à manger. Ou je sais pas trop où avec tes amis que tu veux pas me présenter… »

S'il était au Paradise, Édouard lancerait une de ces reparties qui font crouler de rire, il deviendrait quelqu'un d'autre, il transformerait en comédie cette situation difficile dans laquelle il est plongé, la duchesse de Langeais en visite chez une parente pauvre, ou un aristocrate, pendant la Révolution française, obligé de se cacher dans un cagibi insalubre pour éviter la

guillotine, et tel qu'interprété par le grand Harry Baur
– gestes exagérés et grimaces à l'appui – dans un de ses
derniers films muets. Il vient de trouver, il sait ce qu'il
ferait, ce qu'il dirait s'il n'était pas en présence de sa
mère mais au Paradise, auprès de ses amis à qui il serait
en train d'essayer de décrire sa nouvelle chambre. Il
lèverait le bras, étirerait le cou et dirait, une main sur la
poitrine et d'une voix mourante : « Voilà ce que je me
suis dite, mes bons amis : si en plus il y a des puces de
lit, je dors debout! » Il a compris depuis longtemps que
mal accorder un verbe ou risquer une mauvaise liaison
quand on n'est pas sûr d'une plaisanterie ou d'un jeu
de mots peut aider à faire avaler bien des couleuvres,
accepter bien des ratés. Alors il est devenu le maître
de ce qu'il appelle les liaisons mal t'à propos et des
verbes torturés à en devenir presque méconnaissables.
Il a déjà lancé à Xavier Lacroix, un soir qu'il n'avait pas
envie de le voir : « Vous aureriez dû nous préviendre
que vous viendreriez! On se le lui en serait prépa-
rés! » Une niaiserie, bien sûr, si bien servie cette fois
qu'elle avait connu un triomphe. Toutefois, Victoire
est là, à côté de lui, tout à fait ignorante du feu
d'artifice que peut devenir son fils quand il se trouve
dans une situation délicate ou, plus simplement, pour
épater la galerie. Continuer son rôle de bon fils pas
trop futé, donc, de vendeur de souliers dont on ne
peut pas soupçonner la double vie. La laisser avoir
pitié de lui. Il reste immobile et muet en essayant de
garder en mémoire ce moment pénible pour pouvoir s'en servir plus tard, dans quelques heures, s'il se
décide à sortir, lorsqu'il sera libéré des contraintes de
la famille et régnera de nouveau sur sa bande d'imbé-
ciles. C'est pourtant maintenant qu'il aurait besoin
d'en rire.

Comme il ne répond pas, Victoire se lève à son tour, vient se placer à côté de lui, son garçon obèse qu'elle sait si sensible et qu'elle condamne – pour combien de temps ? – à partager avec elle un petit salon double. Arriveront-ils à oublier qu'ils seront en présence l'un de l'autre chaque nuit ? Et ces engueulades monstres qu'ils ont l'habitude d'avoir, parfois sans raisons claires, vont-elles prendre des proportions insoupçonnées à cause de la promiscuité et du huis clos ?

« J'pense que c'est toé qui arais besoin de consolation, là, hein ? »

Il la prend par la taille, la soulève presque de terre.

« En tout cas, j'espère que vous ronflez pas trop fort. »

Elle appuie la tête sur sa poitrine.

« Pis toé, j'espère que tu sens pas trop la boisson, quand tu rentres tard. Comme l'autre… J'espérais être débarrassée de ça pour de bon…

— J'bois pas tant que ça, moman. J'ai pas besoin de ça pour avoir du fun. »

Ce qui, bien sûr, n'est pas toujours vrai.

Elle l'a placé entre deux oreillers, au beau milieu du lit, parce qu'il s'agite beaucoup quand il dort et qu'elle a peur qu'il ne tombe sur le plancher de bois franc où elle a décidé de ne pas installer de tapis pour l'instant. Celui qu'elle avait à côté de son lit dans son ancien appartement étant trop vieux pour être récupérable – élimé, troué, sale –, elle a demandé aux déménageurs de le laisser dans la ruelle, derrière la maison. Quelqu'un pourra peut-être lui trouver une utilité, s'en servir dans un garage ou un hangar. S'il fait trop froid, l'hiver prochain, elle en cherchera un autre dans une boutique pas chère. Elle déteste trouver un plancher froid sous ses pieds quand elle se lève, le matin, elle prétend que ça lui gâte sa journée. Sa mère lui a déjà répondu que même un plancher brûlant lui gâterait sa journée. Elle s'était contentée de hausser les épaules tout en sachant que Victoire avait raison. Si elle est de mauvaise humeur dès le matin, ce n'est pas la faute du plancher…

Il écarte les jambes, les étire. Curieusement, ses bras restent immobiles. Elle a peur qu'il fasse un dégât. Elle vient pourtant tout juste de le changer, et elle est sur le point de manquer de couches parce qu'elle ne se souvient plus dans quelle caisse elle les a rangées.

Avec ses propres vêtements? Dans la grosse valise de chaussures et de bottes d'hiver? Il lâche un petit pet, semble même s'en amuser puisqu'il sourit. Pas de dégât pour le moment, donc. Il bâille, fait un drôle de bruit avec sa bouche, comme s'il tétait. Il ne peut pas avoir faim non plus, elle l'a bourré de purée de carottes – qu'il adore, un enfant qui aime les carottes! – et de prunes il y a à peine une demi-heure.

Elle s'est étendue à côté de lui, mais le sommeil ne vient pas. Ce maudit déménagement l'a rendue nerveuse, elle voudrait que tout soit terminé, les caisses vidées, la vaisselle rangée, les vêtements dans les placards, les lits faits et le souper en train. Elle voudrait que tout ça se règle vite, que la vie reprenne son cours normal. Mais la vie ne reprendra pas son cours normal. Ils vivaient jusque-là à trois, Thérèse, Marcel et elle – et voilà qu'ils sont neuf! Et ce n'est pas parce qu'ils ont des liens de parenté qu'ils vont bien s'entendre! Non, décidément, la vie ne reprendra pas son cours normal.

Elle s'approche de Marcel, pose une main sur son ventre. Le docteur Sanregret lui a dit de le coucher sur le dos, que ça faciliterait sa respiration. Il n'a pas voulu faire sa sieste dans son berceau, a exigé avec force gestes et force cris de dormir dans le lit de sa mère, un caprice auquel elle cède assez souvent parce qu'elle ne déteste pas l'avoir auprès d'elle quand elle dort. Surtout depuis que son père, qu'il a à peine connu, est parti se battre de l'autre côté de l'océan pour des idées qui n'étaient pas les siennes, puisqu'il n'en avait jamais eu. Elle reçoit un chèque du gouvernement canadien chaque mois, l'encaisse et ne s'ennuie pas du tout de son mari. Après avoir perdu Alex dans les bras de sa sœur Madeleine, Albertine avait dit à sa mère qu'elle épouserait le premier venu, et c'est ce qu'elle a fait. Paul. Banal et borné. Perdu quelque part en France ou en Angleterre. On dit que certains soldats canadiens tombent en amour, en Europe, qu'ils fondent une nouvelle famille et refusent de revenir. Mais ce ne sont peut-être que des ragots de femmes sans hommes qui ont peur que leur mari ne revienne pas et qui veulent s'empêcher de penser à la mort qui les guette chaque jour. Si seulement Paul lui faisait cette grâce, pas de mourir, elle ne le lui souhaite quand même pas, mais de se remarier, de disparaître, de lui sacrer la paix une fois pour toutes, elle lui en saurait gré pour le reste de ses jours ! Pas de danger, hélas ! Quelle Européenne voudrait d'un insignifiant pareil ?

Avoir Marcel à côté d'elle quand vient le temps de la sieste, au milieu de l'après-midi, et qu'elle-même a envie de s'allonger pendant une petite heure avant que la tornade – Thérèse ! – ne revienne de l'école ou du parc, seule ou avec Pierrette, son amie, encore plus bruyante qu'elle, lui donne une vague impression de douceur, et la calme. Elle l'écoute respirer, lui qu'elle a cru perdre de si nombreuses fois, qui a trouvé la force de survivre, allez savoir comment, alors que les médecins le condamnaient, elle le regarde s'agiter dans son sommeil – *à quoi ça rêve, un enfant ?* –, sourire aux anges ou plisser le front. C'est la seule chose au monde, la seule, qui pose un peu de joie dans son cœur, qui refrène cette envie de tout casser qu'elle traîne sans cesse avec elle, lui soutire un sourire sincère et lui suggère qu'après tout elle est une bonne personne. Mais combien de temps le gardera-t-elle avec elle ? Les docteurs qu'elle a consultés ont été unanimes : les bébés bleus n'ont pas beaucoup de chances de survivre, surtout avec le manque de médicaments disponibles comme c'est le cas depuis le début de la guerre. Et la maudite tuberculose.

Marcel pesait à peine trois livres lorsqu'il est né. Un petit paquet d'os à la peau bleuâtre qui criait à pleins poumons qu'il avait froid et qu'il n'était pas trop sûr de vouloir vivre. Quand elle allait le visiter à la pouponnière – elle était trop faible pour l'allaiter et on nourrissait le bébé de lait en formule en attendant qu'elle se rétablisse –, Albertine le regardait à travers la vitre et se désolait de le voir, tout bleu, au milieu des visages roses qui l'entouraient. Elle n'avait jamais de difficulté à trouver son berceau, Marcel faisait une tache plus foncée, comme flétrie, au milieu des autres bébés. Et si on lui permettait de le prendre dans ses bras parce qu'il avait passé une bonne nuit, qu'il ne s'était pas épuisé à force de cris qu'on aurait pu prendre pour des protestations tant ils étaient véhéments, elle s'étonnait de sa légèreté. Elle avait l'impression qu'il n'y avait rien dans la couverture blanche ou, plutôt, qu'on avait remplacé son enfant par une poupée de guenilles, trop menue, immatérielle, qui n'avait même pas la bonne couleur de peau. S'il était réveillé, s'il regardait dans sa direction avec ses yeux noirs qui ne voyaient encore rien de précis, Albertine le berçait un peu en lui demandant tout bas s'il était sûr de vouloir rester avec elle. Et s'il riait aux anges – ça lui arrivait quand une ombre passait près d'eux, une infirmière ou un autre parent venu visiter son enfant –, son cœur fondait et elle le suppliait de ne pas se laisser aller, de lutter de toutes ses forces, et lui promettait de prendre soin de lui. Et de l'aimer.

Thérèse, elle, était née en conquérante. Elle avait lancé son premier braillement comme un cri de guerre, avait exigé presque tout de suite de boire du vrai lait, pas de cette boisson synthétique qu'on imposait désormais aux nouveau-nés et qui ne goûtait rien, avait passé la première année de sa vie à tenir ses parents réveillés chaque nuit, on aurait dit par pure méchanceté, avait manifesté peu d'intérêt quand Paul ou Albertine lui faisaient des guili-guili, comme si elle les avait trouvés niaiseux, et avait refusé presque toute nourriture qui ne goûtait pas le sucré, obligeant sa mère à dissimuler les purées de légumes et les pâtés de viande dans ses desserts. Plus que capricieuse, despotique.

Victoire, quand elle venait en visite chez sa fille, certains dimanches après-midi, se penchait sur le berceau de Thérèse et disait :

« Comme ta mére. Exactement comme ta mére. »

Ça exaspérait Albertine qui refusait d'être comparée à ce petit tyran qui refusait qu'on l'élève comme du monde et n'en faisait déjà qu'à sa tête.

Marcel aussi était une sorte de tyran. Mais pas de la même espèce. S'il demandait tant d'attention, ce n'était pas par caprice, c'était parce qu'il risquait de disparaître à tout moment au cours d'une de ces crises inexplicables qui l'étouffaient pendant de longues minutes et le laissaient épuisé et geignard.

Albertine continue à frotter le ventre de son enfant. Elle sait qu'il aime ça et que ça le calme.

Le docteur Sanregret leur avait dit, à elle et à Paul, de garder Marcel au chaud, qu'il avait besoin d'être tenu dans un environnement presque étouffant. C'était plutôt difficile dans un logement presque impossible à chauffer d'octobre à mai et, la première année, Albertine avait désespéré de sauver son enfant parce qu'il avait toujours froid. Quand il traversait une crise grave, ce qui lui arrivait souvent, elle le prenait contre elle, se réfugiait sous les couvertures et suait à grosses gouttes pour que Marcel, réchauffé par elle, puisse respirer sans suffoquer.

C'est Victoire, en fin de compte, qui avait trouvé la vraie solution, au bout de quelques mois.

Un dimanche après-midi d'octobre particulièrement froid où Victoire était venue visiter sa fille – c'était rare, les deux femmes ne s'étant jamais entendues, mais Victoire aimait voir ses petits-enfants de temps en temps, même si Thérèse se montrait rétive et que Marcel était un bébé plutôt inerte –, Marcel, qui allait sur ses huit mois, s'était mis à frissonner dans les bras de sa grand-mère, sa peau était devenue bleue, il n'arrivait plus à respirer, il agitait ses membres dans tous les sens, et Albertine avait hurlé :

« Je l'ai jamais vu de même, moman, c'est une crise pire que les autres… Que c'est-ce que je vas faire !

— Que c'est que tu fais, d'habitude ?

— J'le prends contre moi, j'le réchauffe comme je peux, pis ça marche. Mais là… R'gardez-lé, on dirait qu'y va mourir ! Donnez-moi-lé, j'vas aller me coucher avec lui dans mon lit, j'vas essayer… j'vas essayer de le réchauffer… »

Victoire s'était levée, s'était approchée du poêle à charbon.

« Faut le réchauffer le plus vite possible, t'as raison… Va me chercher son ber… »

Albertine avait voulu lui enlever Marcel des bras.

« C'est pas de le coucher qu'y faut faire, moman, vous comprenez pas, y faut le réchauffer !

— J'le sais, j'viens de le dire ! Laisse-moé faire, Bartine, j'ai une idée… J'ai une tante qui a eu un bébé bleu, y a longtemps, à Duhamel… Va chercher son ber ! Vite ! Cours ! »

Lorsque Albertine était revenue à la cuisine en portant le petit berceau qui faisait un peu pitié parce qu'elle l'avait acheté en solde sur le boulevard Saint-Laurent quand Thérèse était née et qu'elle n'avait pas vraiment pris la peine de le rafraîchir à l'arrivée de Marcel, convaincue qu'il ne servirait pas longtemps, Victoire était agenouillée devant la porte du four qu'elle venait d'ouvrir.

« Moman ! Vous allez pas mettre Marcel dans le four !

— Insignifiante ! Ben sûr que je le mettrai pas dans le four, c'est pas un poulet ! Pose le ber sur la porte… Marcel va avoir chaud. Assez chaud, en tout cas, j'espère, pour retrouver son respir… »

Et c'est de cette façon qu'elle avait sauvé la vie de son petit-fils. Albertine avait déposé le berceau sur la porte du four, Victoire y avait placé Marcel le plus délicatement possible, la chaleur avait fait le reste.

Et comme le poêle à charbon fonctionnait toute l'année, même dans les pires chaleurs – les plats à faire cuire ou à réchauffer, le thé à préparer –, Albertine avait pris l'habitude d'ouvrir le four et de s'agenouiller devant quand Marcel traversait une crise plus forte que les autres.

Il a bougé. On dirait qu'il veut se retourner dans le lit.

En le prenant dans ses bras – il vient de se réveiller tout à fait et semble plutôt de bonne humeur –, Albertine se demande si elle va pouvoir continuer à faire la même chose, ici, dans le nouvel appartement. S'agenouiller devant la porte du poêle et y déposer Marcel devant tout le monde. Pour lui sauver la vie.

Les railleries de Thérèse deviendront-elles encore plus acerbes – *on va pas encore manger du Marcel rôti à soir !* – et ses deux cousins vont-ils se joindre à elle ?

Ils s'habitueront, c'est tout. Après tout, il y va de la survie de son enfant! S'ils ne sont pas contents, ils iront vivre ailleurs.

Marcel s'agite dans ses bras. Albertine le regarde en souriant.

Elle l'embrasse en se disant qu'il n'y a rien de plus beau au monde que cette petite chose qui, tout à coup, sans autre raison que de se sentir bien dans ses bras, lui sourit.

«Pas de porte du four, aujourd'hui, mon Marcel? On dirait que tu prends du mieux... Pis pas de gros cadeau non plus. Es-tu constipé, 'coudonc?»

La porte d'entrée qui claque. Une voix flûtée crie:
«J'ai faim!»
Suivie d'une autre:
«Moi aussi!»
Thérèse et Philippe de retour du parc La Fontaine. Richard les a précédés d'une grosse heure, sans doute exaspéré par leurs cris incessants et leurs courses folles dans les bosquets où il a toujours peur qu'ils se blessent.

Marcel se tortille dans les bras de sa mère. Il a reconnu la voix de sa sœur et veut aller la rejoindre.

«Vas-y, Marcel, mais essaye de marcher, t'es capable, à c't'heure, t'es trop vieux pour te traîner à genoux...»

Il ne marche pas, il court sur ses petites pattes maigres, la couche pendante. Il manque de tomber à deux ou trois reprises – Albertine le suit pour voir s'il se retrouvera dans la nouvelle maison –, réussit à se redresser et suit jusqu'à la cuisine la voix de sa sœur qui n'a pas cessé de piailler.

Elle raconte à sa tante Nana leur après-midi, à elle et à Philippe, les jeux, toujours les mêmes et qui commencent à l'ennuyer après deux mois de vacances, la famille d'écureuils albinos qui est passée devant eux en sautillant, comme si de rien n'était, alors qu'en fait elle était à la recherche des pinottes que les enfants laissent tomber un peu partout pour elle sur le terrain de jeux. Dans l'espoir d'en attraper un spécimen, un jour. Même si c'est défendu. Les écureuils albinos, c'est rare, on peut les approcher, mais pas les toucher…

Nana a sorti le pain tranché.

« Faudrait pas gaspiller votre appétit. Y est quasiment cinq heures… On va souper dans pas longtemps… »

Thérèse aperçoit Marcel, saute dessus comme si c'était un jouet et dit, en riant :

« C'est-tu du Marcel qu'on mange, à soir ? Faudrait le mettre au four tu-suite pour qu'y'aye le temps de cuire… »

Albertine lui donne une calotte derrière la tête.

« Dis pas ça devant lui, tu vas y faire peur ! Pis arrête de toujours faire des farces là-dessus… De toute façon, ça a jamais été drôle ! Y commence à comprendre tout ce qu'on dit, t'sais… »

Thérèse soulève son petit frère qui se laisse faire, ravi qu'elle s'occupe de lui.

« Chus sûre qu'y comprend déjà toute… Mon p'tit frère, ça va être un génie ! »

Nana esquisse un sourire tout en étalant une épaisse couche de beurre sur deux tranches de pain.

« Où est-ce que t'as appris ça, ce mot-là, Thérèse… ?

— Génie ? C'est sœur Sainte-Catherine, l'année passée, qui nous a dit qu'y avait du monde ben ben ben intelligent qu'on appelait des génies… pis qui sont capables de faire des affaires incroyables !

— Pis tu penses que Marcel va en être un…

« — Avec une sœur intelligente comme moi, si y est encore plus intelligent, ça va être un génie, certain.

— Pis pourquoi y serait plus intelligent que toi ? »

Thérèse redevient sérieuse, dépose son frère sur le plancher. Marcel, plutôt que de se tenir debout, s'écrase à quatre pattes et va se cacher sous la table en rampant. Sa mère se penche, le tire de là, le remet sur ses pieds. Il y retourne.

« J't'ai dit de marcher, Marcel. C'est fini, c'te traînage-là, t'es pus un bébé. »

Nana sort un assortiment de pots de la glacière.

« T'as pas répondu à ma question, Thérèse… »

Thérèse réfléchit assez longtemps avant de répondre.

« Parce que y a eu ben ben de la misère à rester en vie. Ça doit vouloir dire que y a des choses importantes à faire…

— Pis toi, tu penses pas que t'as des choses importantes à faire ? »

Thérèse s'attable à côté de Philippe qui s'est déjà versé un grand verre de lait.

« Moi ? Chus juste bonne à faire des niaiseries. Pis à faire sacrer les sœurs. Pis ma mère… »

Elle regarde Albertine avec un air de défi.

« Mais a' veut pas comprendre que je fais ça juste pour le fun.

— Bon, je vois qu'on a une philosophe dans la maison…

— C'est quoi, une philosophe, ma tante ?

— Tu demanderas ça à ta sœur Sainte-Catherine, en septembre, a' va toute t'expliquer ça, c'est sa job… »

Nana a posé devant elle la bouteille de ketchup Heinz, le pot de moutarde Condor et la brique de cassonade.

« Vous voulez du sucré ou du salé ? »

Thérèse s'empare du pot de moutarde en faisant la grimace.

«Vous me ferez jamais envaler ça, ma tante Nana. Ça goûte le beau yable… J'arais ben pris une beurrée de mélasse, mais ça a l'air qu'y en a pas…»

Albertine porte les mains à sa bouche.

«Mon Dieu, j'pense que j'ai oublié de vider la glacière avant de partir de l'autre appartement. Une chance, y avait pus grand-chose…»

Thérèse mord dans la tartine de sucre brun que vient de lui confectionner sa tante.

«Y avait pas grand-chose, mais y avait encore de la mélasse…»

Albertine s'est approchée de la chaise de sa fille et la brasse.

De la cassonade tombe sur la nappe cirée qui recouvre la table.

«Aïe, tu commenceras pas à critiquer, toi…

— J'critiquais pas…

— Ben oui, tu critiquais! J'connais ton petit ton supérieur, t'sais! J'ai pas de tête, c'est ça? Chus pas capable de me rappeler qu'y a un pot de m'lasse dans la glacière? Pis qu'y faudrait que je l'emporte?

— C'est pas ce que j'ai dit, moman…

— C'est ce que tu voulais dire, c'est pareil!»

Nana s'est assise avec les enfants et enfourne une tartine de ketchup.

«Bartine, laisse-la faire! C'est pas le temps de se chicaner, on vient juste d'arriver…»

Albertine se dirige vers la porte de la cuisine, suivie de Marcel qui hésite entre accompagner sa mère et demander une beurrée de quelque chose. La beurrée gagne, il fait demi-tour.

Nana lui fait un grand sourire.

«S'cuse-moi, Marcel, j't'avais oublié en dessous de la table! Du ketchup, de la moutarde, de la cassonade?»

Il ouvre la bouche, hésite.

«…onnade.»

Thérèse applaudit à tout rompre.

«Ma tante! Vous l'avez fait parler! Vous êtes un vrai génie! À part *moman* pis …*érèse*, y dit jamais rien! Cassonade va avoir été son premier mot! Enfin, la moitié, en tout cas!»

Sur les entrefaites, Victoire entre dans la pièce en se frottant les yeux.

«M'est avis que ça va être plutôt difficile de faire une sieste, ici-dedans, hein? Parles-tu toujours fort de même, Thérèse?»

Thérèse avale sa dernière bouchée et, frondeuse, répond:

«Là oùsque vous étiez avant, vous deviez pas avoir le temps de faire des siestes ben ben souvent… Ça va être la même chose ici, c'est toute…»

Nana avance la main au-dessus de la table, s'empare de celle de Thérèse.

«J'sais que chus pas ta mère, Thérèse, mais j'te défends, m'entends-tu, j'te défends de parler comme ça à ta grand-mère!»

Insultée qu'on lui parle sur ce ton, Thérèse se lève, s'essuie la bouche et sort de la pièce en maugréant.

Victoire s'installe à table, prend une pincée de cassonade qu'elle porte à sa bouche.

«Trois beaux caractères. Elle, sa mère… pis moé.»

Flip est parti rejoindre sa cousine. Ou son frère.

Nana vient s'asseoir à côté de sa belle-mère.

«J'aurais quelque chose de délicat à vous demander. Pas pour tu-suite, pour plus tard, dans quequ'jours ou ben la semaine prochaine… Ça concerne Richard…

— T'as pas envie de le renvoyer chez Madeleine, toujours…

— Ben non, justement, j'veux éviter ça à tout prix… Y m'en a même parlé parce qu'y avait peur…

— C'est quoi, d'abord, Nana ?

— Si vous voulez pas, dites non, on va trouver d'autre chose, mais, écoutez… »

Même si c'est jour de paye, Gabriel n'est pas passé par la taverne avant de rentrer. Il a laissé ses compagnons, qui protestaient – *tu vas pas nous laisser tomber en plein vendredi soir, Gabriel –*, à la porte de l'atelier d'imprimerie où il travaille depuis plus de vingt ans, pour prendre le tramway Saint-Denis vers le nord. Il aura exactement le même trajet à faire qu'avant le déménagement puisque le nouvel appartement est situé à deux rues de celui qu'il habitait jusque-là avec sa famille.

Il est arrivé vers six heures, épuisé par sa semaine de travail, et il a quand même offert de se rendre utile. Après l'avoir embrassé, Nana lui a répondu que tous les travaux avaient été remis au soir et que les femmes préparaient le premier souper pour neuf personnes, ce qui n'était pas évident, vu l'état des lieux.

« On vient de décider de juste faire des sandwichs. C'est une idée d'Albertine parce qu'on arrivait pas à trouver tous nos chaudrons pis que ça nous tentait pas de se mettre à cuisiner des choses sérieuses après une journée pareille… Surtout pour toute une gang! On va commencer ça juste demain… Coco a couru chez Provost, au coin de la rue, qui va être notre nouvel épicier, ça a l'air, pis y a acheté toutes sortes d'affaires… Les enfants sont excités parce qu'y a rapporté du baloney, des grosses bouteilles de Kik Cola, des chips… On va faire un pique-nique. Pas bon pour la santé, mais bourratif. Après ça, on va toutes se mettre ensemble pour défaire les boîtes principales. On va être fatiqués, à soir, faut qu'on couche dans des lits bien faits pis des beaux draps qui sentent bon le propre… »

Elle a gratté une petite tache sur sa cravate en esquissant un sourire.

« Pis tu vois, on a été capables de se passer de toi sans problème ! »

Gabriel avait d'abord demandé que le déménagement se fasse un samedi, de façon à pouvoir aider les déménageurs, vu que Paul, le mari d'Albertine, était absent et qu'Édouard, qui, de toute façon, aurait été inutile, n'était pas disponible du lundi au samedi. Mais Nana, après consultation au téléphone avec sa belle-mère et sa belle-sœur, avait répondu que les déménagements coûtaient moins cher pendant la semaine et que, de toute façon, les déménageurs n'auraient sûrement pas besoin de lui. *Chacun son métier. Y faut pas se mettre dans le chemin de ceux qui travaillent. Y vont pas te montrer comment imprimer tes calendriers en couleurs, mêle-toi pas de leurs affaires.* Il avait fini par accepter en lui faisant promettre, toutefois, de l'appeler au travail si quelque chose de malencontreux se produisait.

« Veux-tu ben me dire ce qui pourrait arriver…

— Les déménageurs, faut les guetter. Ou ben sont paresseux, pis y étirent le travail pour que ça coûte plus cher, ou ben sont entreprenants, si tu vois ce que je veux dire… »

Elle lui avait donné une légère tape sur la joue.

« Entreprenants ? Ta mère, ta sœur pis moi, on est pas des jumelles de ta Betty Grable, là, qu'on voit partout sur les affiches pis qui rend fous les soldats qui se battent en Europe…!»

Il l'avait prise dans ses bras, l'avait embrassée.

«Peut-être, mais toi, t'es ragoûtante…

— Chus pas ragoûtante, Gabriel. Avant, peut-être que j'étais ragoûtante, mais là, chus juste grosse…»

Le fantôme de leurs deux enfants disparus s'était alors glissé entre eux comme chaque fois que Nana parlait de son poids. Elle s'était éloignée de lui en baissant la tête et en replaçant sa robe.

«Pour moi, tu seras toujours ragoûtante, Nana…»

Elle lui a offert une bière, qu'il a acceptée, tout étonné. Elle en avait acheté une caisse pour les déménageurs, il en restait quelques-unes. Il sait que c'est la dernière qu'il boira à la maison parce que, c'était entendu depuis avant leur mariage, Nana ne tolère aucune boisson forte à l'intérieur de leur domicile. Sauf pendant les Fêtes, une cruche de Québérac et un quarante onces de gin Bols. Pour la visite. Pour porter des toasts. Le reste du temps, il peut aller à la taverne tant qu'il veut, mais elle ne veut pas le voir boire. Il sent souvent la bière en rentrant de travailler – en retard, juste à temps pour se mettre à table –, ses enfants ne l'ont cependant jamais vu prendre une seule consommation. Il avait accepté cette condition sans protester en se rappelant quelle enfance leur avait imposée Télesphore, à lui, ses sœurs et son frère, et les excuses qu'avait dû inventer leur mère pendant des années pour le couvrir.

Thérèse arrive en courant.

«Ma tante, ma tante, grand-moman vient d'avoir une ben bonne idée! Le pite-nique, on va le faire dehors, sur le balcon d'en avant! C'est le fun, hein?»

Bien sûr, le balcon n'est pas assez grand pour les contenir tous. On envoie les enfants, qui ne demandent pas mieux, manger dans les marches de l'escalier, les deux hommes restent debout, appuyés à la rambarde en bois et fer forgé, une bière à la main, les femmes ont sorti leurs chaises berçantes. Toutes les trois en avaient une, l'avaient apportée dans le nouvel appartement, et elles ne s'en déferaient pas pour tout l'or du monde. Les chaises resteront dehors jusqu'aux premiers froids et serviront sans doute chaque soir. Nana et Albertine connaissent déjà le plaisir de s'installer sur le balcon, dissimulées dans l'obscurité, à regarder les passants en se berçant et en sirotant une liqueur douce, à en saluer quelques-uns, les invitant, même, parfois, à venir faire un brin de jasette quand ils sont sympathiques, pas tout à fait des amis ni des étrangers ; Victoire, non. Elle n'a jamais eu de balcon où passer ses soirées d'été et sa chaise berçante est toujours restée à l'intérieur. Si elle l'avait sortie dans la ruelle des Fortifications, elle aurait senti les remugles des déchets et regardé entrer et sortir les habitants de la maison qui ne la connaissaient que comme concierge et semblaient rarement vouloir entamer une conversation avec elle. Polis, gentils, mais pas amicaux.

L'automne venu, Albertine et Nana vont placer leurs chaises dans leurs chambres ; Victoire, elle les a déjà prévenues, va déposer la sienne devant l'énorme poste de radio qui occupe un coin de la salle à manger. Pour écouter ses émissions. Les radio-romans autant que le palmarès de la chanson française dont elle raffole. Tino Rossi, bien sûr, Charles Trenet, même s'il est un peu énervant, Luis Mariano. (Elle a vu *Ramuntcho*, il y a quelques années – c'est Édouard qui avait insisté et qui l'avait accompagnée au cinéma Saint-Denis –, et ne s'en est jamais remise.) La radio était toujours allumée, dans son sous-sol sombre, elle le sera ici aussi. Les deux autres femmes sont d'accord, elles passent elles-mêmes leurs journées à écouter pleurnicher les héroïnes des radio-romans et seriner les *crooners* français.

Le temps est humide, les vêtements collent à la peau, mais une petite brise, venue d'on ne sait où, leur caresse agréablement la peau. Le repas est loin d'être élaboré, mais tout le monde a faim et les sandwichs disparaissent dans le temps de le dire. Les bières, les bouteilles de Kik et les chips aussi. Les enfants en redemandent, surtout les deux plus jeunes. Richard, lui, semble avoir de la difficulté à avaler ce qu'il y a dans son assiette et jette sans cesse des regards inquiets en direction de sa mère.

Albertine se sacrifie et rentre dans la maison en bougonnant.

« C'est pas des enfants, qu'on a, c'est des animaux sauvages ! Y vont toutes nous gruger nos tickets de rationnement ! C'est la guerre ! On se retient un peu, pendant la guerre, me semble ? »

Sur les entrefaites, une toute petite femme, suivie d'un chat tigré, a traversé la rue Fabre et s'est permis de grimper quelques marches de l'escalier extérieur pour venir leur parler.

« Excusez-moi. J'ai vu que vous arriviez d'aujourd'hui. J'voulais juste vous dire que je tiens un magasin de bonbons de l'autre côté de la ruelle... J'vends de la liqueur, aussi, pis tu-sortes d'affaires pas chères... Vous avez des enfants, les enfants, ça aime ça, les bonbons à une cenne... »

Le chat l'a dépassée, il se frotte aux chevilles de Thérèse qui le gratte en dessous des oreilles.

« C't'à vous, ce chat-là ?

— Oui, y me suit partout.

— Je l'ai vu, quand on est arrivés, à matin. Y est beau. Mais y a pas l'air ben ben propre…

— J'essaye de le brosser, de temps en temps, mais y est ben rétif…

— Comment y s'appelle ?

— Y s'appelle Duplessis.

— Comme le premier ministre ?

— L'ancien premier ministre, oui. C't'un autre qui est premier ministre, à c't'heure… Y s'appelait comme ça quand je l'ai eu, petit bébé. Un bébé chat qui s'appelle Duplessis, ça faisait drôle.

— Pourquoi vous l'avez pas appelé autrement ?

— Aïe, t'en poses des questions, toi, hein ? Je l'ai pas appelé autrement parce que c'était ça, son nom, c'est toute. Y devait être habitué. »

Albertine est revenue avec un plat de sandwichs.

« Y restait pus rien d'autre, ça fait que j'ai faite des beurrées de ketchup, pis d'autres à la moutarde… Pis si vous êtes pas contents, vous irez vous en faire, la prochaine fois… »

Elle aperçoit Duplessis qui est maintenant perché sur les genoux de Nana.

« Ah non ! Pas de chats dans' maison ! Ça, je supporterai pas ça, par exemple ! J'haïs les chats ! »

Nana dépose Duplessis sur le plancher du balcon.

« Y est pas dans' maison, Bartine, y est dehors…

— Pis la première chose qu'on va savoir, y va avoir pissé dans tous les coins de l'appartement ! »

Elle frappe dans ses mains.

« Envoye, débarrasse, va-t'en chez vous. »

La voisine d'en face se retourne, s'apprête à redescendre les marches.

« C'est vous qui avez emmené ça, c'te vermine-là ?

99

— Oui, c'est mon chat…

— Ben, gardez-lé chez vous !»

Arrivée au pied de l'escalier, la dame se retourne.

«En tout cas, mon magasin s'appelle Chez Marie-Sylvia. Mais le monde, dans le quartier, m'appelle juste Marie. Y disent : on va chez Marie…

— C'est ça, si on a besoin de quequ'chose, on ira vous voir… chez Marie. Mais gardez votre maudit chat pour vous. »

Thérèse et Philippe pouffent de rire en se cachant dans leur assiette. Richard, pour sa part, est un peu choqué de la brusquerie de sa tante. Sa mère aussi, semble-t-il, parce qu'elle arrête au passage Albertine qui s'apprêtait à rentrer dans la maison.

«C'est pas comme ça qu'on se fait des connaissances, Bartine.

— Chus pas déménagée icitte pour me faire des connaissances…

— T'es pas déménagée ici pour te faire des ennemis non plus…

— Non, chus déménagée icitte parce que j'étais obligée !»

Nana lui lâche la main et dépose son assiette vide sur le plancher.

«Pense pas juste à toi, Bartine. Nous autres aussi, tout le monde qui est sur le balcon, a déménagé ici parce qu'y était obligé ! C'est pas plus drôle pour nous autres que pour toi, Bartine, dis-toi ben ça. Endure-nous de ton bord, pis on va t'endurer du nôtre… »

Albertine disparaît dans le corridor et entre dans sa chambre.

«C'est ça. Tout ça va être de ma faute, encore !»

Elle s'est réfugiée dans ses bras. Les draps sont propres et sentent bon. Elle a dit qu'elle n'arrivait pas à pleurer parce qu'elle était trop fatiguée.

« J's'rai pas capable, Gabriel. »

Il a passé son pouce dans son cou, tout doucement, de la clavicule à l'oreille. Elle n'a pas eu à le demander, il sait depuis longtemps qu'elle aime ça parce que ça lui donne des frissons dans tout le corps et que ça peut parfois mener à des jeux plus sérieux.

Pas ce soir, il en a bien peur. Elle n'a pas réagi, elle n'a pas passé sa main sur son ventre comme s'il était un bébé qu'il fallait endormir comme elle a l'habitude de le faire.

« On a pas le choix, Nana.

— J'dis pas que je le ferai pas, j'dis que j'y arriverai pas, que je passerai pas à travers…

— T'es tellement plus forte que tu penses… Tu l'as assez prouvé depuis… »

Elle lui met une main sur la bouche. Ce n'est pas le moment de parler de ça. Y penser, oui, ça ne les quitte jamais, ni l'un ni l'autre, en souffrir, hurler intérieurement, se figer au milieu d'un geste ou d'une phrase pour laisser passer une vague de douleur, mais en parler, là, maintenant, après la journée qui vient de s'écouler…

Gabriel ne sait pas quoi répondre.

Il avait secrètement espéré que tout ce barda, le déménagement, les nouvelles conditions de vie, les parents dont ils seraient désormais sans cesse entourés, déplacerait la douleur – c'est comme ça qu'il le pense : il souhaite déplacer la douleur de sa femme, la tromper, en quelque sorte, l'échanger contre un tourbillon de gens et d'événements qui l'arracherait au marasme dans lequel Nana s'enfonce de plus en plus – même, c'était naïf, il le savait, il espérait que ce remue-ménage élèverait, dans l'agitation ambiante, une sorte d'écran de fumée ou de poussière dans lequel elle trouverait refuge pour essayer d'oublier. Comme si la chose était possible.

Nana n'est pas étourdissable. Il n'est pas sûr que ce soit un mot, mais c'est un fait.

«Vivre ça tous les jours, Gabriel, peux-tu imaginer? Tout le temps la guerre entre ta mère pis ta sœur, entre ta sœur pis sa fille, les caprices de Thérèse, Marcel qu'y faut guetter parce qu'y est pas encore hors de danger pis qu'y le sera peut-être jamais, les folies d'Édouard… J'adore Édouard, tu le sais, c'est l'homme le plus comique que j'aie rencontré dans toute ma vie, mais à petites doses. J'le trouve dur à suivre, pis après vingt ans, j'sais toujours pas qui il est… J'sais même pas si y a quelqu'un en dessous du bouffon… Non, c'est pas vrai, j'sais ben qu'y a quelqu'un, mais je l'ai pas encore vu… Pis Richard qui dort dans la salle à manger, à soir, pis qui va peut-être finir dans un lit pliant entre la chambre de sa grand-mère pis celle de son oncle. C'est pas une vie pour un enfant de onze ans! Que c'est qu'y va voir? Que c'est qu'y va entendre? C'est pas une vie pour parsonne d'entre nous!

— Y a juste une chose que je peux répondre à ça, tu le sais, Nana, pis je viens juste de te le dire: on a pas le choix! C'est la guerre, on vit en partie avec des tickets de rationnement, on a des enfants à élever…»

Elle s'est redressée sur son séant. Elle est maintenant penchée au-dessus de lui. Gabriel se rend compte à quel point elle a pris du poids. C'est une grosse femme, maintenant. Parfois – timide tentative de plaisanterie si elle se sent moins déprimée –, elle parle d'elle à la troisième personne et s'appelle la grosse femme, *la grosse femme a fait telle chose, la grosse femme a eu une aussi grosse journée qu'elle*, Gabriel sourit pour lui faire plaisir et lui dit, comme il l'a fait plus tôt, qu'elle est restée ragoûtante. Et c'est vrai, il le pense vraiment. Il faudrait cependant qu'elle arrête d'engraisser, qu'elle prenne soin d'elle, avant de se déformer ou de tomber malade… Mais ce n'est pas le temps de lui en parler…

« J'sais tout ce que tu pourrais dire, Gabriel, on en a parlé mille fois. On ressasse les mêmes affaires depuis qu'on a décidé de toutes déménager ensemble… Pis chus d'accord avec toi. C'est pas que chus pas d'accord avec toi, c'est juste, c'est juste… »

Elle va pleurer. Ça va peut-être lui faire du bien.

« Faut que la vie continue, Nana, faut pas l'arrêter…

— C'est ben ça, le problème, pauvre toi. La vie continue pas. A' s'est arrêtée tu-seule… »

Les perles d'un collier cassé

Maria

Elle a longtemps refusé. Elle disait à Fulgence qu'elle n'avait pas envie d'aller s'encabaner au pied d'une montagne, sans eau courante, sans électricité, avec des bécosses extérieures trop éloignées de la maison et qui sentaient mauvais à perdre connaissance, et, surtout, de rester une longue semaine à ne rien faire d'autre que se tourner les pouces en regardant passer les couleuvres dans le gazon. Et à faire le tour des pièces, le soir, pour vérifier s'il n'y en avait pas une qui s'était glissée par une porte ou une fenêtre et lovée dans un coin en attendant de pouvoir les attaquer. Fulgence riait, disait qu'elle exagérait, comme d'habitude, elle ne riait pas et répondait que la seule vue d'une couleuvre la tuerait.

Chaque été sa sœur Teena allait passer une semaine dans sa maison de Duhamel, dans la Gatineau, une maison qu'elle avait autrefois achetée de Victoire et Josaphat sans savoir qu'elle les retrouverait plus tard, à Montréal, et qu'ils ne la reconnaîtraient pas, heureusement, mais ses rhumatismes l'empêchaient cette fois de se déplacer – elle éprouvait de la difficulté à continuer son travail chez Giroux et Deslauriers qu'elle abandonnait de plus en plus aux mains d'Édouard qui peinait pour deux – et elle avait décidé de passer ses vacances en ville. *Balconville, c'est parfait pour moi. J'm'installe sur mon balcon avec un Coke, un livre que je lis pas, pis je regarde le monde passer...* Elle avait offert sa maison de campagne à ses sœurs qui avaient décliné l'invitation, Tititte parce qu'elle avait pris ses vacances en juin, Maria parce qu'elle n'aimait pas la campagne. Surtout pas les montagnes :

«Chus venue au monde dans une plaine sans limites, comme toi, Teena, les montagnes m'angoissent. J'aime ça voir loin!»

À la suite de quoi Fulgence, toujours à ses côtés, fidèle et attentif après toutes ces années, lui avait fait remarquer qu'elle ne voyait pas très loin ici, en ville, qu'elle habitait dans une rue étroite aux hautes maisons de brique rouge qui lui bloquaient la vue.

Elle avait levé la tête en pointant le menton.

«Peut-être, mais ce que je vois est civilisé! Y a du monde, ça grouille, y se passe de quoi. À Duhamel, surtout chez Teena qui reste à un mille du village, quand une automobile passe sur la route de terre, on sort sur le balcon comme si c'était un événement. En fait, c'en est un, des fois le seul de la journée!»

Rose et Simon, qui gardaient depuis toujours la maison de Teena quand elle n'était pas là, avaient écrit à Maria une longue lettre remplie de fautes d'orthographe et de taches d'encre dans laquelle ils lui disaient qu'ils allaient bien s'occuper d'eux, qu'elle ne s'ennuierait pas parce qu'à force de répéter les mêmes gestes à la même heure chaque jour, le temps finissait par passer vite. Maria avait fait la grimace.

«C'est pas des vacances, ça, faire les mêmes choses à la même heure chaque jour, c'est la prison! Des vacances, ça se passe à bouger, à changer de place, à pas savoir ce qu'on va faire dans une heure...»

Et lorsque Fulgence lui avait demandé quand, pour la dernière fois, avait-elle pris ce genre de vacances, elle l'avait envoyé promener en lui demandant, *s'il vous plaît, Fulgence*, de la laisser tranquille et, surtout, de ne plus insister.

« J'me cherche des excuses pour pas aller m'enterrer au pied d'une montagne qui risque à tout bout de champ de s'écraser sur la maison pis de nous écrapoutir, laisse-moi faire ! »

Le plus étonnant est que ce qui l'avait décidée à partir était le déménagement de sa fille. Elle avait d'abord offert à Nana de l'aider à faire des boîtes, comme elle le disait, à choisir ce qui serait à garder et ce qui serait à jeter parce que Gabriel et elle ne pouvaient pas tout emporter, qu'il n'y aurait pas assez d'espace dans le nouvel appartement. Trois familles, trois ménages, c'était beaucoup de meubles et, surtout, des répétitions inutiles : trop de bouilloires, trop de toasters, trop de vaisselle… Nana avait refusé en répondant qu'elle voulait faire ça toute seule, tranquillement, passer à travers ce qu'elle possédait morceau par morceau, réfléchir, choisir avec soin, en silence.

Maria s'était sentie rejetée. Elle venait de passer de longs mois à essayer de consoler sa fille, à pleurer avec elle, elle l'avait aidée à prendre son bain quand Nana ne s'en sentait pas la force, elle lui avait fait à manger, était restée des journées entières à la regarder dépérir en hurlant sa peine, s'effaçant comme une ombre quand Gabriel rentrait de travailler et que les enfants revenaient de l'école, et voilà qu'elle se voyait refuser l'offre qu'elle lui avait faite d'un simple service facile à rendre et qui libérerait Nana d'une tâche désagréable qu'elle n'avait surtout pas besoin de s'imposer.

Se sentant inutile, repoussée, elle avait un bon matin décidé qu'elle n'assisterait pas non plus au déménagement de Nana, qu'elle préférait s'éloigner si on ne voulait pas d'elle – *si elle a pas besoin de moi pour paqueter, elle a pas besoin de moi non plus pour dépaqueter…* – et annoncé à son Fulgence qu'elle allait écrire à Rose et Simon pour leur annoncer qu'ils arrivaient. Craignant de la voir changer d'idée, il n'avait rien dit. Il avait même offert d'aller lui-même poster la lettre.

Simon est venu les chercher à la descente du train, à Papineauville, dans une vieille carriole déglinguée tirée par un cheval poussif et sans âge. Simon et Fulgence se sont serré la main, Maria a embrassé le mari de sa cousine qu'elle n'avait pas revu depuis des lustres, depuis le mariage de Nana et de Gabriel, en fait. Simon sentait à la fois la sueur et le sous-bois et Maria a espéré que malgré la chaleur étouffante du compartiment de train dans lequel elle venait de passer des heures, elle-même ne dégageait que le parfum dont elle s'était aspergé le visage et le cou avant de quitter Montréal. La violette, oui ; la sueur, non merci !

La petite route entre Papineauville et Saint-André-Avellin, puis entre Saint-André-Avellin et Duhamel, était poudreuse parce qu'il n'avait pas plu depuis longtemps – *j'te dis, Maria, l'été la plus sèche que j'aie jamais vue* –, un nuage de poussière s'élevait autour d'eux et les faisait tousser, Fulgence et elle. Maria avait l'impression qu'elle était en train de se plâtrer les poumons. Les ornières, qui avaient durci sous les assauts du soleil, étaient à peine carrossables et la carriole tanguait dangereusement à tout bout de champ. Simon riait de bon cœur en se moquant des gens de la ville qui sont habitués à l'asphalte et qui se retrouvent démunis et désarmés devant la vie à la campagne, si différente. Maria ne protestait pas parce que c'était exactement ce qu'elle pensait : vive l'asphalte et au diable les chemins poudreux de campagne. Elle n'osait pas anticiper l'état dans lequel elle serait en arrivant à Duhamel. Surtout que sans eau courante, il lui serait difficile de se faire une toilette acceptable. Allait-elle passer la semaine le corps couvert de terre poudreuse et sans espoir de l'en débarrasser ?

À Saint-André-Avellin, Simon a suggéré qu'ils s'arrêtent dans le seul restaurant du village parce qu'il restait un bon bout de chemin à faire et qu'il commençait à avoir faim.

Ils sont donc entrés dans ce que Maria a aussitôt décrété être un *shack*, une bâtisse carrée et trapue qui avait besoin d'une bonne couche de peinture et devant laquelle on avait installé un panneau-réclame peint à la main sur lequel on annonçait le meilleur poulet rôti de la Gatineau et les meilleures patates frites de la province de Québec. L'endroit s'appelait d'ailleurs La Patate Dorée. Maria a cru deviner que Simon avait envie qu'on lui paye la traite et lancé un soupir d'exaspération en entrant dans l'établissement qui sentait le graillon, autre chose, aussi, qu'elle espéra ne pas être de la viande avariée. Il ne manquait plus qu'une intoxication alimentaire pour ajouter à sa joie d'être venue jusque-là.

À son grand étonnement, et au contraire de ce qu'on aurait pu croire en passant devant, l'endroit était plutôt coquet – rideaux à carreaux aux fenêtres, nappes blanches, de nombreux tapis, de toute évidence faits main, jetés un peu partout sur le plancher de bois franc. Pas un seul client en vue, cependant. Et cette odeur persistante…

En choisissant une table, celle située au centre de la pièce, la plus en vue, comme si les visiteurs qui l'accompagnaient étaient des trophées qu'il voulait exhiber – mais devant qui? – Simon avait dit:

«Y a personne parce que le dîner est fini depuis longtemps, mais, vous allez voir, Charlotte va prendre soin de nous autres...»

Charlotte n'avait pas la moindre envie de prendre soin de qui que ce soit: elle a été brusque, presque impolie – *c'est ben parce que vous êtes avec Simon, parce que j'sers jamais de repas au milieu de l'après-midi. Vous êtes sûrs que vous voulez pas juste une pétate frite pis un Coke?* – et ne s'est pas forcée côté service. Maria a failli lui demander pourquoi elle gardait son restaurant ouvert l'après-midi si elle ne voulait pas voir de clients.

Elle a prétendu ne pas avoir faim – ce qui était faux – et a laissé les deux hommes s'empiffrer de poulet rôti qui semblait trop sec et gober avec des grognements de contentement les frites les plus grosses et les plus grasses qui lui étaient jamais passées sous le nez.

Tout ce temps-là, et pendant que son estomac grondait, elle se disait *qu'est-ce que je fais ici, qu'est-ce que je fais ici, je le savais, ça va être une semaine épouvantable, j'aurais été mieux de rester chez nous, je le savais, chus pas faite pour la campagne, j'me reposerai pas, j'vas être enragée toute la semaine, j'vas être désagréable avec du monde qui ont la gentillesse de me recevoir... J'aurais dû insister pour aider Nana... M'imposer...*

Fulgence a payé – ça coûtait moins cher pour deux que pour une seule personne à Montréal – et ils ont repris le chemin de Duhamel dans la carriole branlante et la poussière étouffante.

Les retrouvailles avec Rose ont été à son image: généreuses, agitées et tonitruantes. Rose sautillait sur place, battait des mains, lançait des cris de joie avant même de se jeter sur sa cousine pour l'embrasser. Peu démonstrative, Maria s'est sentie secouée comme un arbre dont on veut faire tomber les pommes. Rose riait, la serrait contre elle, lui tapait dans le dos tout en lui demandant, presque en même temps, des nouvelles de tout le monde, si elle avait fait bon voyage et si elle avait faim. Après avoir enlevé son chapeau, Maria a accepté un café, trop fort et qui goûtait la dynamite – du moins, pensait-elle, c'est ce que devait goûter la dynamite –, et un restant de pâté chinois – son ventre grondait depuis des heures – qui allait, elle le sentait, lui rester sur l'estomac. Et qui s'avéra cependant délicieux.

«Y est faite avec du vrai blé d'Inde, Maria! On a cassé les premiers épis à matin… On a eu peur de le perdre à cause du manque de pluie, mais y est ben bon même si on va en avoir moins que par les années passées… T'étrennes le premier blé d'Inde de l'année, Maria!»

Si elle n'avait pas eu peur de rester éveillée toute la nuit, elle en aurait pris une deuxième assiettée. Fulgence s'est laissé tenter par une petite portion, Simon par une grosse, et Maria s'est demandé comment ils pouvaient manger après le poulet sec et les frites grasses qu'ils n'avaient même pas eu le temps de digérer depuis Saint-André-Avellin.

Rose est ensuite allée leur montrer leur chambre. La plus grande, celle que Teena occupait quand elle venait en vacances. Et qui donnait sur une forêt tellement proche qu'on aurait dit que la maison y était incrustée. Maria a pensé qu'elle n'ouvrirait pas la fenêtre, même si la nuit était étouffante… Les couleuvres dormaient-elles, la nuit?

Maria et Fulgence n'avaient pas fiini de défaire leurs valises que Rose s'affairait déjà autour du poêle, brassant les chaudrons, faisant bouillir de l'eau et piaillant comme une poule à la recherche de ses petits. Maria – la chambre était située à l'autre bout de la maison – lui répondait par monosyllabes parce qu'elle ne comprenait pas tout ce que sa cousine lui disait. Et surtout parce qu'elle n'écoutait pas, occupée à se maudire encore une fois d'avoir accepté ces vacances dont elle n'avait pas besoin – elle n'était pas fatiguée – et qui risquaient de lui sembler une éternité. *Maudite tête dure! Tu l'as voulu? Ben, tant pis pour toi, endure! Dors en pleine forêt, pis fais-toi dévorer par un ours!* Elle a tout de même souri de son sens de l'exagération. Un ours. Franchement!

Les vêtements rangés dans les armoires, elle est revenue s'asseoir à la cuisine. Fulgence et Simon étaient déjà dans les sous-bois à parler de ce dont les hommes parlent quand ils se retrouvent entre eux, c'est-à-dire pas grand-chose, quelques grognements au sujet de la température – en l'occurrence la sécheresse qui sévissait sur la Gatineau depuis le début de l'été – ou de l'espoir de traverser un hiver plus court que le précédent. Ou, peut-être, de la chasse au lièvre : Simon était un braconnier notoire et s'en vantait sans vergogne. Il disait à qui voulait l'entendre que Rose et lui étaient les seuls à Duhamel à manger du lièvre à l'année, même durant la période où ils étaient les plus maigres et leur chair la plus coriace. Le lièvre, ça faisait toujours de la bonne soupe!

Maria a apprécié la propreté de la cuisine, les planchers bien astiqués et luisants, pas un grain de poussière nulle part, l'odeur de cire d'abeille qui flottait en contrepoint de celle qui émanait des marmites posées sur le poêle à bois et qui devaient contenir des mets de campagne, sans doute délicieux, surtout lourds et indigestes.

«T'es pas obligée de nous faire à souper, Rose...

— Ben certain! Après un long voyage comme ça...

— Ben non, justement, après un long voyage comme ça, j'aimerais mieux me coucher de bonne heure, pis pas sur un estomac plein.»

Rose a poussé les chaudrons vers le fond du poêle là où se trouvent les ronds les moins chauds.

«T'es ben sûre?

— Oui. J'sais comment ton manger est bon, mais je commencerai demain matin, si ça te fait rien...»

Les sourcils froncés, Rose est venue s'asseoir à côté de sa cousine, tasse de café à la main.

«Si t'as peur que je t'empoisonne ou de mourir d'une indigestion pendant ta première nuit de vacances, dis-lé tu-suite...»

Devant l'air ahuri de Maria, elle a éclaté de rire.

«C't'une farce, Maria. Tu sais comment chus, je vire toute au ridicule... Pis si jamais t'as faim pendant la soirée, fouille dans la glacière, on en a une, à c't'heure! Y était temps! J'tais tannée de jeter du bon manger... Pis ça attire les rats.»

Maria a frissonné. Des rats? Elle en a vu quelquefois dans la ruelle derrière le Paradise, des bêtes énormes, trop bien nourries, et elle croyait que c'était des animaux des villes... Est-ce qu'elle a vu des rats en Saskatchewan? Il lui semblait que non. À Providence? Oui, mais des petits... *V'là autre chose...*

«En attendant, viens voir dehors. T'as même pas encore jeté un coup d'œil sur toute la beauté qui va t'entourer pendant le reste de la semaine... Nous autres, on la voit pus, on reste dedans, mais j'te dis que les visiteurs sont pâmés su' un temps rare quand y voyent ça !»

Aussitôt sortie sur le balcon qui dominait une petite vallée au fond de laquelle frémissait sous le soleil un bout du lac Simon, juste de l'autre côté de la ligne de chemin de fer, un panorama pourtant magnifique, Maria a été prise de panique. Toutes ces montagnes ! On avait beau dire que les Laurentides étaient les plus vieilles et les plus usées du monde, c'étaient quand même des montagnes. Et il y en avait tout le tour ! Il fallait sans doute y être né pour ne pas se sentir écrasé !

Si elles se retrouvaient, Rose et elle, sur la galerie de la maison de ses parents, en Saskatchewan, comme autrefois, quand Rose venait les visiter, sa cousine ressentirait-elle la même panique devant l'infini des plaines de l'Ouest ? Se dirait-elle exactement la même chose, serait-elle attirée par le vide alors qu'elle-même se sent écrasée par les verts trop lourds et omniprésents de la forêt ?

« Y a-tu des fleurs qui poussent, dans tout ce vert-là ? Pour mettre d'autres couleurs ?»

Rose s'est appuyée contre le chambranle de la porte.

« Le vert est jamais pareil, Maria. Y change tout le temps. Pis des fleurs, y en a sur le bord des chemins. Des fois jusqu'en octobre…»

Un court silence, puis :

« Tu dois être trop fatiquée pour parler de ce qui est arrivé à Nana, hein ?»

Maria a porté la main à son cœur, comme si le déplacement lui avait fait oublier les mois qu'elle venait de passer, et qu'elle s'en voulait.

« Oui. Peut-être plus tard dans la semaine.

— Ça a dû être terrible, hein ?

— Oui, pis ça l'est encore.»

La première journée a été telle que l'avait prédit Maria : longue et ennuyeuse. Après un excellent et copieux déjeuner – du pain grillé sur le poêle à bois et qui goûtait un peu la boucane, des œufs frais, *frais du cul de la poule*, selon Rose, du bacon croustillant, des fèves au lard suintantes, presque sèches plutôt que baignées dans une sauce trop liquide, et qu'on devait mâcher longtemps avant de les avaler, le même café à la dynamite que la veille et efficace parce qu'elle avait dû courir aux bécosses tout de suite après avoir bu sa première tasse –, Maria s'est retrouvée oisive puisque Rose a refusé son aide pour la vaisselle et le ménage, *t'es en vacances, fais comme le monde en vacances, repose-toi*, et que les deux hommes ont disparu dans la forêt aussitôt le repas terminé. Maria a failli demander à Fulgence s'il était en vacances avec elle ou avec Simon, puis y a renoncé en se disant que la journée ne serait sans doute pas plus drôle avec que sans lui.

Elle s'est installée sur la chaise berçante que Rose avait sortie sur le balcon pour elle, a commencé à feuilleter le roman de Henry Bordeaux que Nana lui avait prêté quelques mois plus tôt et qu'elle ne s'était pas encore décidée à ouvrir. *La revenante.* De crainte que ce ne soit une histoire de fantôme, le genre de livre qu'elle détestait, elle l'a déposé sur le plancher et, croisant les bras, s'est consacrée à la contemplation du même panorama que la veille, en se disant que c'était là ce qui l'attendait pour le reste de la semaine.

Par bonheur, la crise d'angoisse qu'elle appréhendait ne s'est pas déclarée, seule une sorte de découragement morbide comme lorsqu'on est trop fatigué pour lutter et qu'on abandonne la partie en se disant que tout ça va finir par passer. Elle n'a pas pu retenir un sourire amer. *C'est ben moi, ça. Être en vacances, pis attendre que ça finisse!* En fait, elle le savait, c'était la culpabilité de ne pas être à côté de sa fille pour la soutenir qui la taraudait. Mais quand Nana avait une chose en tête…

Elle s'est levée pour aller se promener devant la maison tout en guettant du coin de l'œil si une couleuvre ne se préparait pas à l'attaquer. Ou un rat. Ou n'importe quel animal sauvage qui pouvait bondir à tout moment hors de la forêt. Elle réagissait en vraie citadine et s'en voulait un peu. Elle aurait bien voulu voir tout ce qui l'entourait avec les yeux d'une femme de la campagne, mais elle n'y arrivait pas. Trop d'eau avait coulé depuis le temps où elle était une petite fille des plaines s'intéressant aux fleurs sauvages. Elle avait quitté tout ça dans l'espoir de vivre des aventures palpitantes, et elle en avait connu quelques-unes, quelles raisons avait-elle, au bout de sa vie, d'y revenir pendant une semaine si c'était pour y résister? Elle est descendue jusqu'à la route, a cueilli quelques fleurs – chose qu'elle n'avait pas faite depuis son enfance, si loin dans le temps et dans l'espace –, est remontée les mettre dans un pot de grès au milieu de la table de la cuisine, sous les exclamations de Rose qui, à son avis, montrait trop d'enthousiasme pour que ce soit sincère.

Plus tard, toujours à l'instigation de Rose qui se rendait bien compte que Maria risquait de mourir d'ennui si elle ne l'occupait pas, ils ont fait un pique-nique improvisé sur la petite plage du lac Simon. Des cretons et de la tête en fromage en plein soleil au milieu du mois d'août! Le cœur lui levait pendant que les hommes étendaient d'épaisses couches de gras sur leur pain et les enfournaient avec un évident ravissement. Elle a bu un peu de thé – faible, c'est elle qui l'avait préparé – dans lequel elle a trempé un bout de pain beurré. Mais a fait honneur, elle n'a pas pu s'en empêcher, à l'incroyable tarte aux pommes qui goûtait la cannelle, comme dans son enfance.

Au milieu de l'après-midi, elle a refusé de se baigner de peur, prétendait-elle, que l'eau ne soit trop froide. Les trois autres s'en sont donné à cœur joie pendant une grosse heure, se jetant au bout de la jetée de bois en hurlant de joie. Des enfants de soixante ans, dont deux flambant nus. Heureux. En vacances. Elle a failli à plusieurs reprises se lever pour aller les rejoindre, s'est retenue en se disant qu'elle n'avait aucune raison de le faire si elle n'en avait pas envie. Le pire était qu'elle ne savait pas si elle en avait envie ou non. Elle les regardait, s'imaginait brassant l'eau avec ses bras ou faisant la planche et se disait : *ça doit pourtant être plaisant, pourquoi j'y vas pas ? Maudit que chus mal faite !*

La journée s'est étirée en longueur, le soleil a commencé à descendre vers le sommet des montagnes, la lumière a changé, s'est durcie, les verts sont devenus froids et l'eau du lac a pris une teinte grisâtre, une petite fraîche est tombée, ils sont remontés vers la maison en frissonnant.

Puis la nuit est venue.

Après le repas du soir, bien sûr copieux et lourd, et surtout tôt, à l'heure où Maria commence d'habitude à préparer le sien, la vaisselle faite, la cuisine rangée – cette fois Rose a accepté que Maria l'aide pendant que les hommes fumaient une pipe sur la galerie –, Rose et Simon sont redescendus chez eux, une cabane au bord du lac, juste en face de la jetée de bois, qui appartient aussi à Teena et qu'ils occupent lorsque quelqu'un, la plupart du temps Teena elle-même, utilise la grande maison. Rose avait passé une partie de l'après-midi, la veille, à y faire le ménage parce qu'ils ne l'avaient pas habitée depuis longtemps. Maria ne les a pas retenus, elle sentait venir un mal de tête dû à la nourriture riche qui lui restait sur l'estomac ou à la nervosité de passer une deuxième nuit presque en plein bois, au milieu de bruits et d'odeurs auxquels elle s'était déshabituée et qui l'avaient tenue réveillée, la veille, malgré la fatigue du voyage.

Avant de partir, Simon a montré encore une fois à Fulgence comment allumer les lampes à huile, en contrôler la lumière, manipuler la petite, posée près de la porte d'entrée, si jamais l'un d'eux avait besoin d'aller aux toilettes. Comment les éteindre sans trop faire de boucane, aussi.

« Une lampe enfumée, y a rien de pire. C'est laid pis ça pue… Pis si jamais ça t'arrive, c'est toé qui vas les nettoyer parce que moé j'haïs ça pour tuer… De toute façon, si c'est juste de pisser que vous avez besoin, y a un pot de chambre en dessous du lit… J'espère que j'avais pensé à vous le dire, hier… »

Maria et Fulgence les ont regardés dévaler la pente, plutôt abrupte, qui menait à la route de terre, puis, le chemin de fer traversé, rentrer chez eux, par une coulée cachée dans la verdure.

« Y ont vieilli. Mais y ont l'air ben plus en forme que nous autres… L'air de la campagne, je suppose… Ça peut quand même pas être c'te grosse nourriture grasse là, jamais je croirai !

— Nous autres aussi, on est en forme, Maria. Pour notre âge…

— Si j'te parlais de tous mes petits bobos, tu retournerais à Providence en courant, Fulgence ! »

Il a ri pendant que Maria se disait qu'elle exagérait à peine.

Fulgence a frappé sa pipe sur son talon. Un petit foyer de feu est tombé sur la galerie de bois.

«J'espère que tu vas ramasser ça tu-suite, j'ai pas envie qu'on mette le feu!»

Il a éteint le feu à coups de talon. Puis est allé chercher un porte-poussière et un balai.

«Tu me fais penser à mon père. Y faisait ça, lui aussi...»

Fulgence a relevé la tête.

«Moi aussi je faisais ça, à Providence. Tu te souviens pas? J'le fais à Montréal quand on s'installe sur le balcon, l'été. Je l'ai même fait hier soir... Mais peut-être que tu remarques pus rien de ce que je fais...»

Elle lui a passé une main sur la joue. Toute ridée et si blanche. Et ses bobos, à lui, qu'en savait-elle?

«T'as raison, ça fait tellement longtemps qu'on vit ensemble que des fois j'ai l'impression qu'on se voit pus...

— J'te vois toujours, moi, Maria...

— Tu vois l'idée que tu te fais de moi, Fulgence, c'est pas pareil... Ça a toujours été ton problème...»

Faute d'avoir mieux à faire, ils ont décidé d'installer deux chaises sur la galerie pour regarder se coucher le soleil avant d'aller dormir. Maria a été déçue d'apprendre que l'ouest était situé derrière la maison et qu'elle ne verrait rien parce que tout se ferait de l'autre côté de la montagne contre laquelle ils étaient acculés. Fulgence a essayé de la consoler.

«Des fois, c'est ce qu'y a en face du coucher de soleil qui est beau... Les reflets qui restent quand le soleil est couché...

— C'est lui que je voulais voir, Fulgence. Comme quand on regarde au bout de la rue Saint-Laurent, l'été. La grosse boule de feu...

— Ben, t'auras pas de boule de feu à soir…

— J'pense que j'aurai pas grand boules de feu de la semaine… »

Elle avait marmonné cette dernière phrase, mais Fulgence l'avait entendue et baissé la tête.

« J'te donne les boules de feu que je peux, Maria…

— C'est pas de toi que je parlais, Fulgence, prends-lé pas comme ça… »

Il s'est réfugié dans ce mutisme qu'elle connaît si bien et dont il est difficile de le tirer.

Elle l'a laissé fumer sa pipe sans se plaindre de l'odeur de vanille que dégageait son tabac. Après tout, on était dehors, dans la grande nature…

Quand le soleil a été couché, que l'ombre des arbres a eu fini de s'étirer sur la pente herbeuse qui descendait vers la route et le chemin de fer jusqu'à toucher le bord du lac, on aurait dit pour s'y tremper, au moment où la nuit allait tomber tout à fait, à l'extinction des orangés et des fuchsias qui ont ébloui Maria, *c'est ben beau, on prend jamais le temps de regarder ça, à Montréal,* pendant ce court apaisement qui suit la dissolution lente des couleurs folles et avant l'apparition de la grande noirceur qui noie tout, l'heure bleue est arrivée.

Ils sont silencieux depuis quelques minutes. Maria se berce de façon presque langoureuse, à petits coups, et sa chaise produit de drôles de craquements sur le plancher de la galerie. Fulgence a éteint sa pipe et Maria sait que c'était la dernière parce qu'il l'a mise dans la poche de sa chemise. Elle lui fait grâce de son habituel *est-tu ben éteinte, au moins, j'ai pas envie que tu brûles ta chemise.* Elle se dit, en se croisant les bras haut sur la poitrine, que dans quelques minutes, quand il fera complètement noir, ils iront se coucher pour se préparer à vivre la même journée, demain. Maudites vacances. *Pis qu'est-ce que Nana fait, à soir, la veille de son déménagement?*

Ça commence tout au fond de la vallée. La plus lointaine montagne, celle qui a été d'un beau bleu diffus toute la journée, à cause de la brume qui déguisait le vert – signe de chaleur pour le lendemain, selon Simon –, est la première à être touchée par cette teinte indéfinissable, dont on ne sait pas si c'est du gris ou du bleu, et qui gomme le contour des choses, comme si elle effaçait tout ce qu'elle touche pour en faire un camaïeu uniforme, un tout sans aspérités ni creux. Une lumière belle, mais qui annule tout. Elle fait ensuite le tour du lac, touche chaque montagne, l'éteint avant de se jeter dans l'eau qui disparaît à son tour, au point qu'on ne sait plus où finit le lac et où commencent les montagnes. La jetée de bois s'efface, la maison de Rose et Simon dont ils pouvaient voir, à peine quelques minutes plus tôt, le toit et la cheminée fumante, se voile, raturée des choses existantes. Eux-mêmes – si Maria tourne la tête, elle se rendra compte que Fulgence aussi se dissout peu à peu – ne sont plus que des ombres.

Ça dure quelques minutes. On dirait que le monde va s'éclipser à tout jamais, c'est inquiétant et, en même temps, d'une beauté stupéfiante. Il n'y a plus rien. Que du bleu. Le même. Uniforme. Envoûtant.

Et lorsque l'obscurité survient, d'un seul coup, comme un coup fatal donné à une créature déjà mourante, Maria se retrouve dans le noir total et a l'impression qu'elle va perdre l'équilibre. Elle ne sait plus où se trouvent le haut, le bas, elle a le vertige, elle veut tendre les bras, mais elle a peur de heurter Fulgence ou la rambarde de bois. Elle se dit que ses yeux vont s'habituer à la noirceur comme quand on entre dans un cinéma et que le film est commencé. Rien ne se passe. Elle flotte à mille pieds au-dessus de la maison. Si elle essaie de se lever, elle va faire une chute de mille pieds! Sa chaise navigue au-dessus d'un monde qui n'existe plus! Elle reste donc immobile, la tête relevée, et se réfugie dans les milliards d'étoiles – au moins, elle sait maintenant où se trouve le haut – qui clouent le ciel. Tout s'est arrêté. Elle est convaincue que tout s'est arrêté. L'univers marque un temps. Elle sait que la vie continue, son sang circule dans ses veines, elle entend battre son cœur, la respiration de Fulgence, les cigales stridulent, la chouette lance son cri de peur, des choses bougent dans le sous-bois, elle est cependant convaincue que le monde s'est arrêté pour elle.

Elle prend une longue respiration. Elle qui a tant rêvé de voyages, d'incessants déplacements, qui s'est débattue toute sa vie pour éviter l'immobilisme, pendant un infinitésimal instant qui lui semble une éternité, clouée à une chaise berçante dans l'obscurité totale, elle se défait de ses malheurs et se sent heureuse.

Tititte

La première fois que l'idée du collier cassé a traversé l'esprit de Tititte, elle venait de raccrocher le téléphone. Une autre partie de cartes venait d'être annulée. Teena ne se sentait pas bien – son état de santé inquiétait ses sœurs qui se demandaient si elle ne devrait pas abandonner son emploi chez Giroux et Deslauriers – et Maria s'était déclarée fatiguée, ce qui voulait dire qu'elle n'avait pas le goût de jouer aux cartes ou même de voir ses sœurs. Quant à Nana, leur occasionnelle quatrième, on ne prenait même plus la peine de l'inviter depuis l'annonce de la maladie de ses deux aînés.

Une autre longue soirée à ne rien faire. Écouter un peu la radio. Lire. S'asseoir à sa fenêtre et regarder le soir tomber. Le soir tombé, se réfugier dans la lune et essayer de ne penser à rien. Surtout pas au docteur Woolf.

C'est justement en ouvrant les rideaux du salon pour jeter un coup d'œil dehors qu'elle a pensé au collier. À un fil qui casse, à des perles qui tombent sur le plancher, qui rebondissent, roulent et disparaissent sous un tapis ou un meuble où elles se recouvriront peu à peu de poussière.

Les Desrosiers ont longtemps été dispersés, Maria à Providence, Ernest à Calgary, la tante Gertrude et sa fille Ti-Lou à Ottawa, la tante Régina-Cœli à Regina, la tante Bebette à Saint-Boniface, Teena et elle à Montréal, leurs parents et les enfants de Maria dans un petit village de la Saskatchewan. Le collier s'était cassé ici, à Montréal, il y a longtemps, sans doute à l'époque de ses grands-parents, les perles avaient roulé où elles pouvaient pour aboutir là où se trouvaient des possibilités de survie, du travail quand il n'y en avait plus ici, quelquefois l'amour, souvent le désenchantement.

Un bout du collier s'était reconstitué quand Maria était revenue de Providence. Elle et ses sœurs avaient, parfois avec leur frère Ernest et sa femme Alice, même s'ils se montraient réticents, trouvé un fil qui pouvait les relier et leur faire croire que la dispersion de leur famille avait été en partie réparée. Et c'était vrai. Elles s'étaient fréquentées, elles avaient ri, elles s'étaient moquées de tout et de tous au cours d'innombrables parties de cartes où tout pouvait se dire, les peines comme les joies, mais toujours sur un mode enjoué, des soirées qui leur faisaient du bien, elles avaient traversé leurs ménopauses en s'encourageant mutuellement – celle de Teena avait été en même temps la plus difficile et la plus drôle –, et voilà que depuis quelque temps…

Tititte avait porté machinalement la main à son cou comme si elle avait voulu y chercher quelque chose qui ne s'y trouvait plus.

Était-ce le malheur qui s'abattait sur la famille de Nana et qui avait ébranlé leur vie à tous, ou bien est-ce que ça venait de plus loin, de plus profond ? Était-ce la vieillesse qu'elles pouvaient désormais lire sur le visage de leurs sœurs, terrible miroir, la possibilité d'une fin prochaine pour l'une d'entre elles ? Les parties de cartes, ces dernières années, avaient perdu de leur piquant pour ne devenir qu'une habitude incontournable sans grande excitation, une obligation qu'elles s'étaient imposée, le même thé, le même café, les mêmes biscuits, de moins en moins de méchancetés, ou alors moins acerbes, donc moins drôles.

Ernest et Alice étaient perdus dans leur coin de Ville-Émard, elle marinant dans son gin, lui la regardant se noyer, trop déçu par la vie pour trouver la force de réagir. Il considérait que la Gendarmerie royale l'avait mal traité en l'envoyant dans ses bureaux de Montréal où il n'avait rien eu à faire pendant des années, et il ne s'en était jamais remis. Ils n'avaient plus aucun contact avec le reste de la famille depuis des années, les sœurs d'Ernest ayant abandonné au fil du temps l'idée d'apprivoiser leur belle-sœur qui n'avait pas accepté de quitter la Saskatchewan, allant même jusqu'à refuser d'apprendre le français, et de rescaper leur frère qui se complaisait dans un pathétique apitoiement. On aurait dit qu'ils savouraient leur malheur, comme un bonbon amer. Teena se traînait chaque matin au travail sans se plaindre, mais on la sentait souffrante, au bord de s'effondrer. Maria vivait intensément la tragédie qui avait frappé sa fille et ne s'en remettrait sans doute jamais si les deux enfants malades venaient à partir. Quant à elle... Son état de presque veuve accapare ses soirées, ses nuits, et une grande partie des journées qu'elle passe derrière son comptoir, chez Ogilvy.

Le premier vendredi où le docteur Woolf n'est pas passé la chercher au magasin, vers midi, pour l'emmener manger au restaurant du neuvième étage chez Eaton, comme il avait l'habitude de le faire depuis des années, Tititte ne s'en est pas formalisée. Sans doute un empêchement, une cliente qui s'attardait et qui avait besoin d'être consolée – elle se rappelait avec horreur le jour où elle-même avait entendu le mot *cancer* – ou une vilaine grippe de printemps qui le retenait au lit.

Elle ne savait pas comment le joindre, où il habitait, s'il était marié – il ne portait pas d'alliance en sa présence – parce qu'ils n'avaient pas échangé leurs numéros de téléphone, n'étaient jamais entrés en contact en dehors de leurs rendez-vous du vendredi. Elle avait même jeté le petit papier sur lequel elle avait autrefois écrit le numéro de son bureau. Ils mangeaient – bien, le buffet était délicieux – en jasant de choses et d'autres, riant beaucoup et se frôlant parfois le bout des doigts. Deux vieux adolescents. À la fin du repas le docteur Woolf remettait à Tititte un papier sur lequel il avait inscrit le nom et l'adresse d'un hôtel, toujours différent – ils avaient fréquenté un nombre incalculable de chambres d'hôtel, des grandes, des minuscules, des chics et des trous sans nom au fond de la vieille ville –, et ils se retrouvaient le soir, amants clandestins, comme dans les films français qu'on censurait de façon éhontée dans la province de Québec, et les livres défendus sur lesquels il était presque impossible de mettre la main à la bibliothèque municipale. (Tititte avait attendu un an avant d'obtenir un exemplaire de *L'amant de lady Chatterley* qu'elle avait trouvé d'un ennui mortel, sauf les pages 90 et 91.)

Pendant toutes ces années, le mot *amant* avait fait rougir Tititte. Pour elle, c'était un mot à l'Index, comme il existait des livres à l'Index, chargé à la fois d'excitation, de jouissance et de culpabilité. Les nuits qu'elle passait avec lui, son amant, étaient sans aucun doute les plus belles, les plus exaltantes de toute sa vie, mais les lendemains – même si elle n'était pas très religieuse – étaient teintés de honte et de mépris de soi. Elle vivait dans une société où la sexualité en dehors du mariage était condamnée et considérée comme une faute grave et, malgré elle, c'était pourtant une femme intelligente à l'esprit ouvert, elle en subissait les influences absurdes et néfastes. Sans, bien sûr, trouver le moyen de résister à la tentation.

Elle aurait pu se rendre au cabinet du docteur Woolf, la rue Drummond était tout près, non pas pour lui demander la raison de son absence, mais pour s'assurer qu'il allait bien, que l'empêchement n'avait rien à voir avec sa santé ; elle s'est toutefois retenue et s'est contentée d'un sandwich au jambon au comptoir de chez Murray's, où la vieille serveuse – toujours la même, depuis toujours – s'était montrée particulièrement désagréable.

Le vendredi suivant l'avait trouvée un peu anxieuse. Ces derniers mois, les performances du docteur Woolf au lit avaient connu de sérieux ratés et il en était très humilié. Elle lui disait que ce n'était pas grave, que ça pouvait arriver à tout le monde, il lui demandait pardon, la serrant dans ses bras et lui jurant que ce n'était pas sa faute à elle, qu'elle était toujours aussi belle, aussi désirable, que le mécanisme de l'homme vieillissant – une vraie formule de docteur, Tititte avait souri – pouvait parfois flancher sans qu'il y puisse quoi que ce soit, qu'il existait des pilules, mais qu'elles pouvaient être nocives pour le cœur… Si elle insistait, il pouvait toujours essayer…

Elle lui disait de ne pas s'en faire, que tout finirait par revenir éventuellement à la normale…

Pendant qu'elle l'attendait, le deuxième vendredi, elle ne pouvait pas s'empêcher de se demander si ce n'était pas là la raison pour laquelle il n'était pas venu la semaine précédente. La peur de l'humiliation répétée… L'orgueil de l'homme dont le corps commence à le trahir par petites touches vexantes et qui ne veut pas l'accepter. À midi et quart, elle a lancé un long soupir, a enlevé ses gants, s'est assise sur le petit banc derrière son comptoir. À midi et demi, elle est sortie du magasin, a étiré le cou en direction de la rue Drummond. Pas de longue silhouette dégingandée dont les enjambées l'obligeaient à trottiner à côté de lui lorsqu'ils se dirigeaient vers le restaurant. Une fois par semaine. *C'est pourtant pas trop demander, y me semble, une fois par semaine…*

Elle n'a pas mangé. Elle n'avait pas faim. Et des mots désagréables lui sont venus : abandon, lâcheté, écœurant d'homme.

La possibilité, aussi, quelque part dans un recoin de son cerveau, pas encore nettement exprimée mais inquiétante, de la présence d'une autre femme dans la vie du docteur Woolf.

La jalousie était un sentiment nouveau pour elle. Enfant, elle avait bien sûr jalousé les petites filles du village qui étaient plus belles ou plus riches qu'elle, mais c'était plus de l'envie, la cause n'en étant pas les personnes elles-mêmes, seulement le hasard qui les avait faites riches ou belles. Ça ne la grugeait pas de l'intérieur et, surtout, ça ne lui enlevait pas, comme c'était maintenant le cas, ce peu de confiance en soi qu'elle avait acquise ces dernières années et qu'elle continuait à dissimuler derrière son masque de froideur et son petit air hautain qui amusait tant ses sœurs. Elles la traitaient de snob depuis leur enfance alors qu'elle n'avait toujours été que doute et inquiétude.

L'arrivée du docteur Woolf dans sa vie, ce qu'il lui disait lorsqu'ils se retrouvaient seuls, ce qu'il lui faisait au lit, avait changé du tout au tout l'idée qu'elle avait d'elle-même. Forte de son état de femme amoureuse, même si tout ça n'était qu'intermittent et non officiel, comblée pour la première fois dans ce que la religion appelait le péché de la chair et pour lequel elle se découvrait une passion, Tititte avait enfin appris à apprécier ce qu'elle voyait dans son miroir et ce nouveau pouvoir de séduction qu'elle n'avait cru possible qu'au cinéma ou dans les romans.

Tout en le cachant à ses sœurs, toutefois, qui n'auraient peut-être pas compris qu'on puisse trouver la passion à son âge – oui, c'était de la passion, elle en était convaincue –, et qui l'auraient sans doute prévenue qu'elle risquait de faire une folle d'elle, parce que les hommes étaient plus attirés par les jeunesses que par les femmes de leur âge, *tu sauras me le dire, Tititte, tu sauras me le dire, quand tu te retrouveras le bec à l'eau.*

Pendant toute la semaine suivante, elle s'est posé la question : se retrouvait-elle effectivement le bec à l'eau, une autre femme abandonnée, comme il y en avait plein dans la littérature et dans les radio-romans, parce que vieillissante, moins attirante ? Avait-elle été remplacée par une jeune cliente plus séduisante, plus affriolante qu'elle ? Était-elle en train de devenir un cliché ?

La jalousie, cet incessant doute que rien ne peut dompter, cette maladie honteuse exacerbée par l'imagination, alimentée par rien et par tout, la rongeait, grignotait son cœur à petits coups de dents, un animal cruel aux yeux jaunes et aux dents acérées, et dans sa tête elle voyait le docteur Woolf entrer dans un hôtel sordide – ils étaient tous sordides, cette autre femme ne méritait pas ce qu'elle, elle avait connu – au bras d'une belle créature qui n'était pas elle, et Tititte aurait pu hurler.

Elle n'en a pas parlé à Maria ni à Teena qu'elle avait eues au téléphone. Comme d'habitude, elle a tout

131

gardé pour elle. La seule pensée qu'elle aurait à leur expliquer les dernières années, tout ce qu'elle leur avait caché, les privant de ce qu'il y avait de plus beau dans sa vie, par pudeur ou par peur de faire rire d'elle, la décourageait d'avance.

C'est elle, cette semaine-là, qui avait annulé la partie de cartes.

Elle restait toute droite derrière son comptoir, elle vendait des gants, débitant sans conviction le même baratin que d'habitude et, en bonne professionnelle, ne ratait pas une vente. Les clientes ne s'en rendaient pas compte, elles avaient cependant en face d'elles une femme rongée par le doute et qui comptait les heures en attendant que midi sonne, le vendredi suivant.

Et quand midi a sonné, le vendredi suivant, elle avait déjà son manteau sur le dos, le chapeau sur la tête, les gants aux mains.

Il ne s'est pas présenté.

Alors elle a fait une chose dont elle ne se serait jamais crue capable.

Elle est sortie du magasin, s'est dirigée vers la rue Drummond, a tourné à gauche, s'est arrêtée devant le Drummond Medical Building. Elle voulait savoir. C'est tout. Que ce soit clair dans sa tête, sous quelque forme que se présente la vérité. Une autre femme, un simple abandon dû à la fatigue ou à un soudain manque d'intérêt, les trahisons humiliantes d'un corps vieillissant. Peu importe, pourvu qu'elle sache.

Elle a tiré la lourde porte de bronze et de verre, a aussitôt senti l'odeur si typique des endroits où se trouvent, entre autres, des cabinets de dentistes.

Le concierge, il devait désormais dépasser soixante-dix ans, l'a tout de suite reconnue.

«Ça fait longtemps qu'on vous a pas vue, mademoiselle Desrosiers…

— Chus plutôt en santé, monsieur Charbonneau, pis j'évite le plus possible c'te genre d'endroit là… Ça me rappelle des mauvais souvenirs… J'viens voir le docteur Woolf, j'aurais des renseignements à y demander…»

Elle l'a vu se figer derrière son comptoir prétentieux et clinquant. Et elle a compris que quelque chose était arrivé. Et tout à coup elle n'a plus voulu savoir. Si elle l'avait pu, elle aurait étiré le bras et posé sa main gantée sur la bouche de monsieur Charbonneau en lui disant *non, dites rien, j'veux pas savoir, si c'est grave, j'aime mieux pas savoir.* Mais elle ne l'a pas fait. Et il a parlé.

«Vous l'avez pas su? Chus sûr que ça va vous faire de la peine. Nous autres, on en revient pas encore. Le docteur Woolf est mort subitement dans son bureau, entre deux clientes, y a deux ou trois semaines. Le cœur, ça a l'air… Du monde de sa famille sont justement venus vider son cabinet, la semaine passée… J'vous dis qu'y en avait ramassé, des affaires! Mais si vous voulez, j'peux vous suggérer un autre nom…»

Elle n'a rien dit. Elle ne l'a même pas remercié du renseignement. Elle lui a tourné le dos et est sortie du building presque en courant.

Midi et quart. On faisait la queue à la porte de certains restaurants, les passants, pressés de manger, marchaient en tous sens à la recherche d'un endroit pas trop occupé, la circulation se faisait plus dense, la chaleur, accablante pour un mois de juin, donnait envie de s'arracher les vêtements de sur le dos. Sous le choc de ce qu'elle venait d'apprendre, Tititte ne voyait rien de tout ça, elle ne ressentait même pas l'humidité de l'air malgré ses gants et son chapeau d'un autre âge, et restait immobile au milieu du trottoir. Elle n'avait qu'une idée en tête : elle avait tué le docteur Woolf. Inquiet de ne pas être encore une fois à la hauteur, il avait dû essayer une de ces maudites pilules sans le lui dire… Pour voir si ça fonctionnait. Non, pourtant non, il lui avait dit qu'il n'oserait pas de peur que ça lui cause des problèmes. Dangereux pour le cœur… Elle le lui avait fait promettre, il l'avait juré en l'embrassant dans le cou. *Je ne sais pas si j'irai jusqu'à risquer ma vie pour ça.* Il avait dit ça pour rire, avec son bel accent anglais, elle en avait été un peu offusquée, puis s'était trouvée ridicule et avait ri avec lui.

C'était la dernière fois qu'ils se voyaient, qu'il l'embrassait dans le cou, aucun des deux ne pouvait s'en douter, les gestes qu'ils faisaient, les mêmes qu'ils répétaient une fois par semaine depuis des années et qui les enivraient encore, seraient les derniers, des souvenirs – mon Dieu, la sueur, les odeurs, les lits dévastés qu'elle avait connus si tard ! – auxquels elle devrait désormais s'accrocher pour combler un manque plus que douloureux, insupportable, un trou dans son âme comme un coup de poignard qui ne saignait pas. Elle ne saignait pas, au milieu du trottoir, elle aurait juste voulu disparaître, fondre, couler entre les craques du ciment pour aller se perdre dans le caniveau.

Puis elle est retournée travailler.

Les mois qui ont suivi ont été exemplaires de retenue. Cette femme bouillante de l'intérieur, fiévreuse et malade de chagrin, mais d'extérieur plutôt froid, a continué son existence de vendeuse de gants dans un magasin chic de l'ouest de Montréal sans rien exprimer de sa douleur, même devant ses sœurs qui, de toute façon, n'avaient jamais connu l'existence du docteur Woolf – elle a servi des dames de Westmount désagréables qui refusaient de parler français, des dames d'Outremont, encore plus désagréables et snobs, qui s'exprimaient dans un français tellement emprunté qu'il en devenait dénaturé – et sans rien changer à ses habitudes.

Si, une chose a changé.

Chaque vendredi midi, une dame toute de noir vêtue se présente au restaurant du neuvième étage du grand magasin Eaton. Elle choisit toujours la même table, qu'on a fini par lui réserver. Elle mange peu, ne parle à personne, perdue dans ses pensées et, on dirait, sans cesse au bord des larmes.

Les plus vieilles parmi les serveuses, celles qui l'ont vue pendant des années en compagnie d'un beau vieux monsieur dont on disait que c'était un doc-teur, un des meilleurs gynécologues de Montréal, ont tout de suite pensé qu'elle était veuve depuis peu – le costume noir, la pâleur du visage – et qu'elle venait perpétuer la mémoire de son mari en mangeant en silence une salade de thon ou une soupe aux pois. Les langues se font aller, *a' fait ben pitié, non, moé j'trouve qu'a' devrait pas faire ça, qu'a' devrait essayer d'oublier, ça doit pas être facile, c'est peut-être pas possible, moé, si Robert s'en allait... Y me semble qu'a' devrait tout faire pour oublier... en tout cas, moé, j'ai jamais été sûre que c'était sa femme légitime... y portaient pas de joncs ni l'un ni l'autre... A' faisait plus maîtresse que femme légitime, si vous voulez savoir ce que je pense... Ah oui? Conte-nous donc ça... Moé, j'trouve pas... Une maîtresse, ça a pas l'air de ça... Une maîtresse, c'est pas chic comme ça, ça porte pas de gants!*

La presque veuve paye sa note, se lève, quitte le restaurant en remerciant sa serveuse.

On ne la reverra pas avant le vendredi suivant.

Elles ne sauront jamais la vérité à son sujet, le mystère restera toujours complet.

Teena

Chaque matin, elle met une bonne demi-heure à s'extirper de son lit. Elle se réveille sur le dos, anky-losée, elle sait que la moindre tentative de mouvement sera un véritable martyre, surtout aux articulations des doigts, alors elle reste immobile, attendant que le courage lui vienne – c'est souvent long – d'essayer de plier le pouce, c'est le moins souffrant, et, si la douleur n'est pas trop vive, de passer aux autres doigts. La main gauche, puis la droite. Doigt après doigt, jamais deux en même temps. Elle les plie, les déplie, en les regardant comme s'ils ne lui appartenaient pas, des choses douloureuses ajoutées à son corps pendant qu'elle dormait. À force de les bouger, le mal s'atténue, elle peut maintenant lever le bras, l'étirer, prendre le verre sur sa table de chevet, boire, en soulevant la tête, un peu de l'eau qui a tiédi pendant la nuit, avant d'entreprendre de se tourner sur le côté pour arriver, avec un coup du coude gauche, et après de nombreux essais, eux aussi pénibles, à se redresser assez pour pouvoir poser un pied sur le plancher. Elle a mal partout, les hanches, les os, surtout les genoux aux attaches capricieuses qui refusent de plier. Et les jointures des doigts qui continuent à la faire souffrir en suivant le rythme trop rapide de son cœur.

Elle souffle un peu. Fait un dernier tour de toutes ses articulations. C'est endurable, elle peut se lever pour aller faire sa toilette. Avant de quitter son lit, elle prend deux comprimés de 222 dans une petite fiole posée à côté du verre d'eau. Elle a avalé tout ce que les médecins appellent *les médicaments doux*, ceux qu'il faut essayer, semble-t-il, avant de passer aux choses sérieuses. C'est la 222 qui est la plus efficace. Pour le moment. Il faudra qu'elle en reparle au docteur Sanregret qui fronce les sourcils quand elle suggère qu'il est temps d'aborder quelque chose de plus fort, *sinon, docteur, j'y arriverai pas...* Elle attend l'effet quelques minutes, sent la douleur non pas disparaître, mais s'atténuer, assez, en tout cas, pour qu'elle envisage d'affronter la journée qui l'attend.

Et la journée qui l'attend, toujours la même, sauf le dimanche, la décourage. Il lui est même arrivé de se laisser retomber sur le dos en se disant *aujourd'hui j'y vas pas, j's'rai pas capable, pis à quoi ça sert, que j'y sois ou non, ça fait pas de différence.* Non pas qu'elle déteste son emploi, elle s'est longtemps vantée, et elle s'en enorgueillissait, d'être celle qui faisait en sorte que les habitants du Plateau-Mont-Royal, même les plus pauvres, étaient chaussés de façon décente et toujours selon leurs moyens. Elle s'est agenouillée des milliers de fois en face de milliers de clients, même parmi les plus difficiles, en tenant à bout de bras, triomphante, une chaussure qu'elle croyait être la bonne, celle qui allait lui attirer des félicitations et décider de la vente. Elle était indépendante, elle gagnait sa vie et elle en était fière. Comme elle était fière de ses deux sœurs qui se débrouillaient elles aussi très bien.

Mais elle se sent inutile depuis des années. C'est Édouard qui vend, désormais, elle – c'est lui qui l'a suggéré et il avait raison – se tient derrière le comptoir, installée dans un fauteuil confortable qu'il a lui-même choisi, à encaisser l'argent pendant qu'il court partout à la recherche, comme elle autrefois, du soulier parfait, beau, bon, pas trop cher. Quand un client se présente devant elle une boîte de chaussures dans les mains, elle se lève de son fauteuil, prend l'argent, toujours en espèces, la maison n'a jamais accepté de chèques, remet la monnaie, remercie en souriant, *vous avez toujours un aussi beau sourire, mademoiselle Desrosiers, merci, monsieur, si seulement c'était vrai…*, retourne s'asseoir en se frottant les doigts. Personne ne se doute qu'elle souffre ; ils croient seulement qu'elle a vieilli, qu'elle est bien courageuse de continuer à travailler à son âge… et, peut-être, qu'il serait temps qu'elle commence à penser à la retraite.

Elle n'a pas à se plaindre, Édouard est d'une efficacité à toute épreuve et sans ambition marquée : il la protège et en fait l'éloge quand par hasard les propriétaires – des gens bien gentils mais qui veulent que leur commerce fonctionne – *viennent faire un tour pour voir comment ça se passe.* Il ne se plaint jamais, la dorlote quand elle souffre trop, la gronde de ne pas visiter son docteur plus souvent. Elle sait qu'il ne veut pas prendre sa place. *Vous m'avez donné ma chance quand j'étais un gros niaiseux qui savait rien faire, laissez-moi vous gâter, un peu.* Et, chose qui compte quand les journées s'étirent, il sait encore la faire rire.

Elle a cependant une grande consolation : les lettres que lui envoie son fils Ernest du front. Il fait partie de ces contingents qui traversent sans cesse l'Atlantique pour ravitailler l'Angleterre, incapable désormais de se tenir debout toute seule sous les coups de butoir des Allemands, surtout depuis le blitz, l'année précédente, qui a détruit une grande partie de Londres. Il raconte dans ses mots l'angoisse du danger des sous-marins allemands qui sillonnent l'océan et qui font des ravages inimaginables, le soulagement d'une traversée réussie, l'accueil des Anglais – surtout des Anglaises – quand arrivent enfin les denrées tant attendues, et le retour de la peur lorsqu'il faut revenir au Canada pour se ravitailler, sans savoir si on ne va pas être pulvérisé d'un moment à l'autre par une torpille ou une bombe bien placée. Il parle de la vie quotidienne sur un bateau secoué par les vents traîtres et les énormes vagues de l'Atlantique Nord, l'amitié qui lie les marins, les fausses alarmes, les vraies, les moments où on dit adieu à la vie, ceux où on se trouve tout étonné d'être encore là.

Il n'a pas laissé de femme derrière lui, alors il écrit à ses deux mères : Rose, à Duhamel, qui l'a élevé, et elle, à Montréal, qu'il connaît peu mais qu'il a appris à aimer pendant la courte période qu'il a passée avec elle six ans plus tôt, au moment où, justement, il allait s'enrôler dans l'armée canadienne. Il répète souvent qu'il comprend pourquoi elle l'a laissé entre les mains de Rose et de Simon, qu'il lui pardonne parce qu'il a sans doute eu une plus belle enfance que celle qu'elle aurait pu lui offrir, et qu'elle a pu éviter, elle, de se voir rejetée par la société. Il dit sa fierté d'être un homme, d'avoir un but dans la vie et de faire partie de l'Histoire. Parce que c'est ce qu'on leur répète souvent, à ses camarades et à lui, pour les encourager et fouetter leur fierté, qu'ils font partie de l'Histoire. Et que s'ils viennent à mourir, ce sera pour l'Histoire.

Comme il a peu fréquenté l'école, il écrit au son et Teena peine à comprendre ce qu'il lui dit, les mots étant parfois incompréhensibles et les phrases toutes croches. Elle a mis deux jours à déchiffrer la première lettre et a failli abandonner sa lecture à la deuxième. Alors, un jour qu'elle avait un début de migraine, elle a demandé à Édouard de jeter un coup d'œil à ce qu'avait écrit son garçon pour voir s'il y comprenait quelque chose et, à leur grand étonnement, il avait presque tout de suite décodé la façon de s'exprimer d'Ernest. Lorsqu'elle lui avait demandé comment il faisait, il avait simplement répondu qu'il suffisait de ne pas regarder la façon dont les mots étaient formés, mais ce qu'ils voulaient dire. Et, surtout, et c'est ce qu'elle lui demandait, de lire à voix haute.

Presque chaque jour, au cœur de l'après-midi, alors que la boutique est tranquille, Teena sort au hasard une des lettres d'Ernest et demande à Édouard de la lui lire. Il s'exécute de bonne grâce, heureux de lui faire plaisir. Et charmé par ces récits qui, mieux écrits et retravaillés, pourraient, à son avis, devenir un roman passionnant.

Elle l'écoute en se frottant les mains, en pliant et dépliant les doigts, et en essayant de bouger ses orteils dans ses souliers. Après tout, que sont ces petits problèmes à côté de ce qu'endure son fils ?

Et elle se demande souvent ce que ça peut vouloir dire, *mourir pour l'Histoire*. Elle trouve la formule suspecte, comme si elle cachait un grand mensonge.

Édouard vient de terminer de lire à haute voix la dernière lettre d'Ernest qui a fort inquiété Teena. La corvette de la Marine royale du Canada à bord de laquelle Ernest sillonne l'Atlantique depuis plus d'un an et qui escortait un convoi de bateaux en route pour l'Angleterre a été légèrement touchée par une torpille et il raconte à sa mère la panique à bord du petit bateau, sa peur à lui, les énormes explosions parce que l'une des plus grosses unités du contingent a coulé, les cadavres qui flottaient, les blessés qui hurlaient et qu'on tentait de sauver. Les armes, les ravitaillements perdus à jamais.

Teena a arrêté de bouger au milieu de la lettre, le regard fixé sur la bouche d'Édouard, s'attendant d'une seconde à l'autre à ce qu'Ernest dise qu'il a été blessé, qu'il lui manque un membre ou qu'il a été défiguré.

Non. Il termine en la rassurant sur son propre sort. La corvette est arrivée à bon port, il écrit sa lettre dans un pub après avoir été reçu comme un héros, avec ses camarades. Les femmes sont entreprenantes, mais il ne comprend rien à ce qu'elles disent. Leur anglais est incompréhensible. Et le sien aussi, semble-t-il.

Teena se remet à se frotter les mains. Édouard lui a donné un onguent qui est censé non pas faire des miracles, mais soulager les problèmes d'articulations. Elle lui fait croire depuis quelques jours que l'onguent est efficace alors qu'elle ne sent aucune amélioration. Si ça peut lui faire plaisir…

« Quand est-ce que ça a été écrit, c'te lettre-là ? »

Il sort les papiers pliés en quatre qu'il venait de remettre dans leur enveloppe, les déplie.

« Euh… Y a à peu près trois semaines…

— J'pense que j'en ai entendu parler à la rédio… mais je savais pas que mon garçon avait été mêlé à ça… C'est effrayant d'avoir des nouvelles trois semaines plus tard… Si y était mort…

— Parlez pas de ça, mademoiselle Desrosiers. Y faut pas penser à ça. La guerre va finir, y va revenir…

— Ouan, ben, si tu veux savoir mon avis, c'est pas demain que la guerre va finir ! C'est toutes des enragés qui veulent rien comprendre au bon sens! D'un bord comme de l'autre! Pis je pense justement rien qu'à ça. Sa mort. Ça va être pire à partir d'aujourd'hui. Tant qu'y escortait des gros bateaux, je pouvais toujours me dire qu'y était en sécurité. Mais c'te lettre-là me fait comprendre que c'est lui, c'est son petit bateau, qui protège les gros vaisseaux de marchandises… Je savais pas qu'escorter, ça voulait dire protéger… juste, je sais pas, accompagner… Escorter, ça veut dire accompagner, non?

— Ben justement, c'est une raison de plus d'être fière de lui…

— J'avais pas besoin de ça pour être fière de lui.»

Elle remet le bouchon sur le tube d'onguent.

«J'y pense souvent, tu sais…

— À lui? Oui, je le sais… ça se sent quand vous tombez dans la lune…

— Non, à sa mort. Tu vois, si y avait été tué ce jour-là, je l'aurais su ben plus tard… J'aurais été des semaines sans savoir que mon garçon était mort, j'aurais attendu ses lettres, j'aurais espéré qu'y avait pas trop froid, au milieu de l'océan, comme ça…»

Elle se lève de son fauteuil, traverse la boutique et va ouvrir la porte parce qu'il fait vraiment trop chaud. Elle ne se retourne pas pour lui parler, mais elle sent son regard dans son cou, comme une caresse qui fait se redresser les cheveux de sa nuque.

«Y paraît… Y paraît qu'y viennent à deux pour annoncer ça… C'est ça que madame Gauthier m'a dit… A' les a vus venir sonner à la porte de sa voisine… Ça sonne à' porte, tu vas ouvrir… pis y a deux soldats, tout propres pis ben raides, qui disent avec un ton désolé qu'y ont quequ'chose à te dire. Pis y te demandent la permission de rentrer chez vous… Tu le sais. Tu le sais tu-suite, c'qu'y vont te dire, mais y faut quand même que tu les écoutes… Ça me fait tellement peur, Édouard… Si un bon jour j'vois deux soldats à travers les rideaux de ma porte d'entrée, j'ouvre pas. Y m'enverront une lettre. J'aimerais mieux l'apprendre par une lettre. J'veux être tu-seule, j'veux pas que personne me voye, la crise que j'vas faire, quand j'vas apprendre ça… »

Il est derrière elle. Il ose poser une main sur son épaule.

« Mais ça se peut que ça arrive pas ! Pensez plutôt à ça, mademoiselle Desrosiers. »

Elle appuie la tête contre le chambranle.

« Ça paraît que tu connais pas beaucoup ma famille… »

Maria
Août 1941

La semaine qu'elle avait appréhendée comme un cauchemar imposé s'est passée dans une étonnante sérénité. Pour la première fois depuis la maladie puis la mort de ses petits-enfants, elle a été capable de se détendre, oubliant pour un moment sa douleur, ses inquiétudes au sujet de Nana et – elle ne pouvait même pas dire que c'était le résultat de sa volonté – ne ressentant plus cette envie de bouger qui l'avait traquée toute sa vie. Comme si elle avait cédé à un besoin d'immobilité passager mais nécessaire. Pour réfléchir ? Elle n'a pas beaucoup réfléchi, elle a plutôt mis son cerveau au point neutre, sauf lorsqu'elle lisait ou qu'elle jasait avec ses trois compagnons et, même là, ça ne lui demandait pas un grand effort. Et le soir, assise sur la galerie de la maison suspendue sous le ciel éclaboussé d'étoiles tellement nombreuses qu'on pouvait douter de leur réalité, elle se laissait flotter dans l'obscurité. Elle s'est baignée dans le lac, souvent, elle a fait de longues marches, parfois accompagnée de Fulgence, parfois toute seule, en mordillant des queues de brins d'herbe, chose qu'elle n'avait pas faite depuis plus de quarante ans. Elle avait l'impression de baigner dans une lumière irréelle qui embellissait ce qui l'entourait. Tout était plus beau, ce qu'elle mangeait meilleur, l'odeur des épinettes plus piquante, Fulgence moins insignifiant. Elle savait que c'était temporaire, que ses vieilles hantises reviendraient, que la bougeotte la reprendrait, elle était toutefois capable, et c'est ce qui l'étonnait le plus, de goûter cette pause inattendue, ce moment de quiétude éphémère, avant de retrouver la tragédie qui avait frappé sa fille.

À quelques reprises elle s'est traitée d'égoïste parce qu'elle avait abandonné Nana, puis elle se disait que c'était elle qui avait voulu rester seule pour préparer son déménagement et qu'à Montréal, elle aurait encore plus culpabilisé parce qu'elle se serait sentie inutile. En fin de compte, une petite semaine d'éloignement leur aura peut-être fait du bien à toutes les deux…

Le train va bientôt entrer en gare. Le voyage entre Papineauville et Montréal aura pris une grande partie de l'après-midi sans que Maria ressente la moindre envie de sortir de sa torpeur. Elle devrait se secouer, chasser les fils d'araignée qui encombrent son cerveau, prouver à Fulgence, qui n'a pas défroncé les sourcils de la semaine, que la bonne vieille Maria est de retour et qu'il devrait recommencer à surveiller tout ce qu'il fait et tout ce qu'il dit.

Mais.

Rien ne vient. Son cerveau reste enchâssé dans le coton.

Puis lui revient à l'esprit un projet qu'elle avait commencé à caresser avant son départ, peut-être absurde, irréalisable, en tout cas à son avis intéressant. Son naturel recommence à faire surface.

« J'pensais à une chose, Fulgence… »

Il a presque sursauté, elle a presque ri devant son air ahuri.

« J't'ai-tu fait peur, 'coudonc ?

— T'as rien dit pendant tout le voyage… Ça m'a surpris que tu parles.

— J'réfléchissais…

— J'te dis que t'as réfléchi, c'te semaine…

— Cette semaine, je me reposais. Là, je réfléchissais…

— Bon, OK, à quoi tu réfléchissais…

— J'pensais à une chose… Écoute… Ça m'est venu à l'idée pendant que je discutais du déménagement avec Nana…

— Nana t'a dit de pas t'occuper de ça, Maria…

— Je le sais, je le sais… j'veux pas m'en occuper non plus… Mais… Si on faisait la même chose…

— Quelle même chose…

— Leur déménagement. Ça m'a donné une idée. L'idée de faire comme eux autres…

— Tu veux déménager !

— Non, pas déménager… Écoute, depuis que Théo est marié, on est tout seuls tous les deux dans c'te grand appartement là…

— Tu veux louer des chambres ?

— Fulgence ! Arrête de m'interrompre, tu m'énarves ! »

Maria est de retour. Fulgence semble soulagé et retient un sourire.

« Non, j'veux parler de mes sœurs. Teena est malade, j'ai l'impression qu'a' va arrêter de travailler ben vite… Titite passe une espèce de dépression que je comprends pas pis qui m'inquiète…

— T'as toujours ben pas envie de les inviter à venir rester avec nous autres ! »

Maria est étonnée. Pour une fois, Fulgence a vite compris.

«Pourquoi pas?

— Tu veux imiter la famille de Gabriel?

— C'est pas de l'imitation! Enfin, oui, c'est de l'imitation, pis dans leur cas, j'trouve que c'est une ben mauvaise idée, neuf dans la même maison! Mais nous autres, on serait juste quatre! Les chambres des enfants sont vides, l'appartement est grand...

— As-tu pensé à moi, Maria?»

Maria réagit en se donnant une violente tape sur la cuisse.

«Le monde tourne pas autour de toi, Fulgence! Arrête donc de tout ramener à toi...

— Mais je vis dans c'te maison-là, moi aussi!

— T'aimes pas mes sœurs?

— Maria! Détourne pas la conversation!

— J'détourne pas la conversation, j'constate que tu veux pas que mes sœurs viennent rester avec nous autres, pis que peut-être que ça veut dire que tu les aimes pas!

— J'les aime ben, tes sœurs, mais ça veut pas dire que j'ai envie de rester avec eux autres!»

La mauvaise foi de Maria est revenue. Fulgence sait que cette discussion est loin d'être terminée, qu'elle va s'étaler sur des jours et des jours, qu'elle ne peut connaître qu'une issue si Maria l'a déjà décidé, et dans son cœur, malgré la crainte de voir débarquer Teena et Titite dans sa vie, il est rassuré.

Teena

La levée du corps – c'est ainsi qu'elle appelle son saut du lit depuis quelque temps, avec un sourire intérieur amer – a été plus pénible que jamais. Elle a cru ne pas pouvoir plier les doigts ni les genoux. Pendant quelques secondes, elle a même craint de rester prisonnière de son lit, puis elle s'est traitée de folle en reprenant ses efforts.

Les 222, avec sa tasse de thé qu'elle tient à deux mains pour les réchauffer, lui font du bien, elle sent peu à peu revenir le courage de s'habiller et de marcher jusqu'à la boutique de souliers.

Alors qu'elle se lève pour aller rincer sa tasse, on sonne à la porte.

Elle reste figée, les yeux fixés sur les miettes de toast qui sont tombées dans son assiette. Si tôt le matin. *Qui ça peut ben être?*

Mon Dieu! Ça y est! C'est aujourd'hui!

Si elle ne va pas répondre, si elle reste ici sans bouger, est-ce que ça va changer quelque chose? *Ben non, niaiseuse!*

Deuxième coup de sonnette. *J'y vas pas pareil. Laissez-moi le deviner, mais dites-moi-le pas dans' face! J'pourrai pas le supporter!*

Ses mains tremblent, elle renverse du thé sur sa robe de chambre. *Si j'y vas pas, y vont finir par s'en aller, y vont penser que chus morte, moi aussi…*

Troisième coup de sonnette, plus insistant.

Elle se lève, se dirige vers la porte de la cuisine, étire le cou.

Une silhouette d'homme. *C'est eux autres!*

Un front s'est approché de la fenêtre de la porte d'entrée. Il l'a peut-être vue. Le porteur de mauvaise nouvelle l'a peut-être vue dans la porte de la cuisine, au bout du corridor, une mère qui a compris qui ne veut pas venir lui ouvrir.

Elle se dirige lentement vers l'entrée en serrant sa robe de chambre contre son corps. Elle s'arrête pile devant la porte. Que faire? Ouvrir et écouter la nouvelle les yeux fermés, juste écouter avant de s'effondrer? *Ben non. Faut ce qu'y faut…*

Elle ouvre toute grande la porte, convaincue que le monde va s'écrouler autour d'elle dans quelques secondes.

Un soldat, son capot trop chaud pour la saison posé sur les épaules. Son sac de soldat jeté par terre. Un bandeau sur l'œil droit. Des béquilles. Et un grand sourire.

Ernest.

Elle n'a d'abord aucune réaction. Le choc est trop grand.

«C'est moé, moman, vous me reconnaissez pas?»

Si je te reconnais? Niaiseux! J't'ai porté pendant neuf mois sans l'avoir voulu, j't'ai mis au monde en hurlant, j't'ai abandonné pendant des années parce que je pouvais rien faire d'autre, pis tu me reviens, ben sûr que j'te reconnais!

«J'pensais… J'pensais…

— Vous pensiez qu'on venait vous annoncer ma mort? J'aurais dû vous appeler pour vous avartir, mais j'voulais vous faire une surprise…

— Ben, t'as réussi, mon garçon!»

Et la seule chose qui lui vient à l'esprit, au lieu de se jeter dans les bras de son fils, est qu'elle devra refuser l'offre que Maria lui a faite au téléphone, la veille au soir. Parce qu'ils sont deux désormais.

«Es-tu revenu pour rester?

— Ben oui.

— Tu y retourneras pas?

— Ben non. Y voudraient pus de moé.

— T'es sûr?

— Un blessé de guerre, ça sert pus à rien.

— Y t'ont renvoyé?

— Y avaient pas le choix.

— Pour de bon?

— Pour de bon.

— Tes blessures, c'est grave?

— Une, oui. L'œil. Je l'ai perdu. C'est pas beau à voir. J'vas être obligé de porter une patch. Comme un pirate. Mais ma jambe va revenir comme avant. Vous me demandez pas d'entrer, vous allez me laisser dehors?»

Et c'est cette simple question qui la fait s'écrouler sur le plancher du vestibule.

Un lourd héritage

Plus tard, quand on lui posera la question, il aura toujours la même réponse, même lorsqu'il sera enfermé à l'hôpital psychiatrique de Nominingue, dans les Laurentides, et qu'il se retrouvera presque chaque jour, dans sa tête confuse, au milieu d'une bataille entre les Indiens et les cowboys, cible par bonheur inatteignable à cause de ses verres fumés qui le rendront invisible, donc invincible. Il dira chaque fois : « Mon premier souvenir, c'est quand j'ai rencontré Duplessis. »

Son oncle Gabriel – *biel*, dans son langage d'enfant qui découvre les mots, surtout depuis qu'il évolue au milieu d'une foule de gens qui s'expriment beaucoup et dont il essaie de retenir les noms : il y a *moman*, *rèse*, *gamoman*, *douard*, *biel*, et les plus faciles, *nana*, *flip*, *coco* – a élevé une petite clôture de bois sur le balcon d'en avant pour qu'il puisse aller jouer dehors sans risquer de tomber dans l'escalier. Chaque après-midi, Albertine installe donc Marcel sur le balcon avec ses jouets. Des fois, sa grand-mère vient s'asseoir sur la chaise berçante, des fois c'est sa tante Nana, rarement sa mère. Elles lui parlent pendant qu'il fait rouler son camion rouge – *mion* – sans savoir ce que c'est parce qu'il n'en a encore jamais vu, mais il aime que ce soit rouge et que ça roule, il répond par des gargouille-ments qu'elles trouvent comiques et qu'elles tentent en vain d'imiter, au souper. Il essaie de comprendre ce qu'elles lui disent, elles essaient de saisir les mots tout croches qui sortent de sa bouche. Il est volubile, il jase tout le temps, mais impénétrable, sauf pour Thérèse qui, étonnamment, semble le comprendre et à qui il s'adresse avec un plaisir manifeste.

Ce jour-là – il est seul, les femmes sont occupées –, il expérimente une chose qu'il n'avait pas encore remarquée et qui se passe par terre autour de lui. Le soleil et le vent agitent sur le plancher du balcon l'ombre des feuilles du grand érable qui se trouve devant la maison, au bord du trottoir, et il essaie de saisir ces objets qui n'en sont pas et qui lui échappent sans cesse. Ça bouge et il n'arrive pas à s'en emparer. Il est même au bord de se choquer parce que ça lui résiste trop longtemps – il y a tout de même des limites à la patience d'un enfant d'un an et demi – lorsqu'il entend un drôle de son qui provient de l'escalier. Ça ressemble un peu à ses propres geignements quand il a faim et qu'il se sent faible, ou juste avant qu'une des femmes de la maison le dépose en toute hâte dans son ber qu'on tient main-tenant toute la journée sur la porte ouverte du poêle à charbon, parce qu'il éprouve de la difficulté à respirer. Même si ça lui arrive de moins en moins souvent. Le son est quand même différent et, surtout, plus mélodieux, plus agréable.

Il se dirige à quatre pattes vers la clôture de bois, trop paresseux, ou trop pressé, pour essayer de se lever et de marcher comme le lui ordonne tout le monde depuis quelque temps – *Marcel, t'es capable, lève-toi donc, marche, au lieu de te traîner. T'es un grand garçon, les grands garçons ça se traîne pas à terre comme des bébés !*

Une jolie petite tête s'est glissée entre les barreaux de la clôture. C'est plein de poils et ça a de très beaux yeux jaunes. Marcel s'approche, tend la main, et ça se met à produire un nouveau son, un peu comme un petit moteur. C'est doux au toucher et le nez est froid et tout mouillé.

Et ça parle !

Sans ouvrir la bouche, ça lui dit :

« Tu joues au même jeu que moi, mon Marcel ! Tu cours après tout ce qui grouille ! »

Et c'est ainsi que sa première et seule grande amitié, si on excepte celle de sa sœur, bien sûr, qui le protégera jusqu'à ce qu'on l'enferme, est née, un après-midi d'août, au milieu de l'ombre des feuilles qui s'agitaient sur le plancher du balcon. La chose, il apprendra plus tard que c'est un animal et que ça s'appelle un chat, se glisse entre les barreaux de la clôture et vient jouer avec lui à essayer d'attraper des ombres insaisissables.

Et plus tard, beaucoup plus tard, dans le fin fond des Laurentides, au milieu des tirs de flèches et du bruit des fusils, Marcel répétera souvent, debout au centre de la plaine du Far West, les bras en croix, *tu joues au même jeu que moi, Marcel, tu cours après tout ce qui grouille !* Il mettra ensuite ses verres fumés. *Chus invisible ! Personne peut me voir, parce que j'ai mes lunettes. Chus tu-seul à avoir les lunettes qui rendent invisible !*

Cinq personnages montent la rue Fabre à pas lents. Le premier, que tout le monde peut voir et auquel on commence à s'habituer parce qu'il vient visiter presque chaque jour sa sœur depuis qu'elle a déménagé un peu plus haut, début août, est un vieillard tout maigre, à l'œil vif, qui se tient bien droit et qui porte sous son bras un étui à violon. Les quatre autres sont des femmes invisibles vêtues d'oripeaux d'un autre âge et qui marchent toujours quelques pas derrière lui, comme si elles le protégeaient tout en le poussant pour qu'il avance.

La journée est splendide, pas trop chaude, le soleil et le vent agitent sur le trottoir l'ombre des arbres qui longent la rue, et le vieil homme se dit qu'il aimerait se mettre à genoux sur le ciment pour faire comme les chats et essayer d'attraper les fausses feuilles. *Quelle drôle d'idée. Pourquoi je ferais ça? J's'rais pus capable de me relever!* Arrivé devant la maison voisine de celle où habite maintenant sa sœur, il s'arrête, se retourne et montre le balcon du rez-de-chaussée aux quatre femmes.

« C'est là. »

L'aînée, sans doute la mère des trois autres, s'approche de la petite clôture de fer forgé qui ceinture le minuscule jardin où, faute de soins, ne pousse que de la mauvaise herbe.

«Pis t'es sûr que c'est vide?

— Oui. Depuis longtemps, y paraît. Personne sait pourquoi. Y disent même dans le quartier que c'est une maison hantée.»

Il sourit en serrant son violon contre sa poitrine.

«À partir d'aujourd'hui, ça risque d'être vrai... Pis peut-être que tout ce temps-là, c't appartement-là vous attendait...»

La dame pose la main sur l'étui. On dirait qu'elle veut le lui enlever.

«On n'a pas encore accepté, Josaphat.

— Vous avez pas le choix. Mon temps est passé. Depuis que j'ai vu c't'enfant-là, j'ai compris que mon temps est passé. Ça va être son tour, un jour, c'est mon petit-fils. Quand y va être assez grand pour comprendre...

— Justement, ça va prendre des années...

— Y a besoin de protection...

— Plus que toi?

— Moé, j'ai pus besoin de protection. Chus trop vieux pour faire des folies. Lui, c'est un enfant malade, y a peut-être besoin de vous autres pour survivre... Quand viendra le temps, j'y donnerai mon violon. Si chus mort, chus sûr que vous allez vous en charger... Préparez-lé comme vous m'avez préparé, montrez-y tout ce que vous m'avez montré...»

Un petit éclat de rire, tout clair, tout limpide, un rire juste pour le plaisir de rire, leur parvient de la maison voisine.

Les cinq personnages lèvent la tête.

«C'est lui?

— Oui. C'est lui.»

Assis sur le plancher du balcon, un petit garçon, maigre, pâle mais hilare, flatte un vieux chat qui se laisse faire.

«Y s'appelle Marcel. Pis le chat, Duplessis.»

La dame repose la main sur l'étui à violon.

«En attendant, tu vas continuer?

— J'vous le jure! J'ai jamais manqué à ma promesse, vous savez que vous pouvez compter sur moé…

— Tu vas venir nous voir?

— À c't'heure que je peux voir Victoire tant que je veux, j'en profite! Vous allez me voir souvent! Victoire saura pas que vous êtes là, mais chus sûr qu'a' va sentir quequ'chose… Votre présence… Pis vous allez revoir mon garçon, aussi, qui sait pas que chus son père. Vous vous rappelez, vous étiez là quand y est venu au monde, vous m'avez même aidé à le mettre au monde… Gabriel, qui vient d'être frappé avec sa femme du plus grand des malheurs. Lui aussi, y a besoin qu'on le protège, parce qu'y est facilement découragé…»

Le petit garçon a levé la tête et les a aperçus.

«Apha!»

Il s'agrippe aux barreaux de la clôture de bois pour se lever. Puis il leur envoie la main.

«Vous voyez, y peut vous voir…

— Tu le sais pas, Josaphat, peut-être qu'y te voit, juste toi.

— Vous le savez très bien qu'y peut vous voir…»

Le chat, lui, a redressé la tête, de façon un peu paresseuse.

«Pis le chat aussi.»

Comme pour le prouver, l'animal passe entre les barreaux et descend l'escalier pour venir se frotter à sa robe en miaulant. Elle se penche, le flatte.

«C'est toi qui avais raison… Peut-être que ce vieux chat là va pouvoir nous aider…

— Vous allez rester ici?

— On va rester ici. Bonne chance, Josaphat.»

Les quatre dames s'approchent du vieux monsieur, l'entourent.

C'est la plus vieille, encore une fois, qui parle.

«On va s'ennuyer de toi, Josaphat.»

Il baisse la tête pour cacher son sourire, s'essuie les yeux.

«Y a ben des jours où j'aurais pu vous étrangler parce que vous étiez trop présentes, mais moi aussi, j'vas m'ennuyer…»

Et pour la première fois depuis que, tout jeune, et qu'elles lui apprenaient le violon – comment s'en servir, comment en prendre soin, comment aller puiser très loin en lui pour interpréter des chefs-d'œuvre qu'il ne connaissait pas et qu'il pouvait pourtant inter- préter de façon magistrale, comment, surtout, l'utiliser chaque mois pour permettre à la lune de se lever sans déclencher un cataclysme –, elles l'embrassent.

Josaphat a sorti une chaise droite qu'il a posée à côté du fauteuil à bascule de Victoire qui flatte Duplessis roulé en boule sur son tablier de coton doux. Le chat fait semblant de dormir, mais on le sent aux aguets, ses yeux sont à moitié ouverts, et si par malheur une mouche ou un papillon venait à passer... Marcel, aussitôt l'oncle Josaphat installé dans sa chaise, grimpe sur ses genoux en disant *Apha, Apha*. Josaphat se bouche le nez en exagérant une grimace de dégoût.

« Ça sent la couche ! »

Marcel éclate de rire !

« Non ! Pas 'ouche ! »

Et c'est vrai. Marcel commence enfin à comprendre la notion de propreté et il lui arrive, maintenant qu'il a un petit pot, de crier *popo, popo*, quand il en a besoin. Mais il décore encore régulièrement sa couche, au grand dam de sa mère qui est tannée de faire des lavages qui empestent toute la maison. Et de courir à gauche et à droite à la recherche de draps usés ou de vieilles taies d'oreiller à déchirer en grands carrés blancs qui ne le resteront pas longtemps.

Duplessis saute des genoux de Victoire pour venir rejoindre Marcel.

«Pourquoi tu penses qu'y s'appelle Duplessis, le chat, Victoire?»

Josaphat gratte le chat derrière une oreille et le petit moteur repart.

«C'est la femme qui tient le magasin de bonbons, de l'autre côté de la rue, qui l'a appelé comme ça. Je sais pas pourquoi… A' devait aimer l'ancien premier ministre, j'suppose…

— Ou ben trouver qu'y avait l'air d'un vieux matou…

— Y est pas vieux.

— Y a l'air d'un vieux matou pareil…»

Ils sourient. Depuis qu'ils se sont retrouvés, après la mort de Télesphore, six ans plus tôt, ils ont des conversations de vieux couple, comme si la vie ne les avait jamais séparés, qu'ils avaient passé leur temps, comme ça, à se dire les insignifiances que se répète n'importe quel duo d'amoureux après des années de connivence. Jusqu'au mois dernier, Josaphat allait visiter Victoire à l'appartement de la ruelle des Fortifications, maintenant qu'il en avait le droit, pour essayer de la convaincre d'abandonner sa job de concierge qui l'épuisait trop désormais et qui, de toute façon, n'avait jamais été un travail de femme. Elle a résisté pendant des années en disant que ses enfants, ensuite Édouard seul quand les deux filles ont été mariées, l'aidaient et que de toute manière elle ne savait rien faire d'autre pour gagner de l'argent. Là, ça y est, elle ne travaille plus, elle s'est éloignée de ce trou de malheur, elle passe ses après-midi sur le balcon à se bercer en lisant, ou à épier la vie agitée de la rue Fabre. Elle cogne des clous, se réveille, va se faire du thé, revient s'asseoir en attendant son frère. Il lui rend souvent visite et leur conversation banale apaise leurs âmes tourmentées.

« C'est quand même drôle, hein, Josaphat…

— Quoi, donc?

— J'pensais à ça, c'te nuitte, parce qu'Édouard ronflait trop fort pis que ça m'empêchait de dormir… Pauvre Coco, qui dort entre nos deux chambres, j'sais pas comment y fait… Entéka… C'est quand même drôle, hein, que je vienne finir mes jours avec nos deux enfants? »

Ils ne parlent jamais de ça, Gabriel, Albertine, le premier né à Duhamel dans des conditions plus que difficiles et l'autre après le mariage de Victoire avec Télesphore, mais bien à lui, les fruits d'un amour irrépressible, incontrôlable, qui aura gâché leur vie, mais dont ils n'auraient pas voulu être épargnés parce que c'est la plus belle chose qu'ils auront connue. Aussi ne répond-il qu'à une partie de la question de sa sœur.

« Pourquoi tu parles de mourir? Te sens-tu pas ben?

— Ben non. Mais à mon âge, c'est pas mal sûr que je redéménagerai pas, hein? C'est icitte que j'vas finir mes jours. Avec mes deux enfants… illégitimes. »

Il a rougi en baissant la tête. Il dépose Marcel et Duplessis sur le plancher du balcon. Le chat miaule, l'enfant se met à geindre.

« Le principal, c'est qu'y le sachent pas.

— J'veux pas qu'y le sachent, Josaphat, c'est pas ça que je veux dire… Mais… Je sais pas… Y me rappellent en même temps les plus beaux moments de ma vie, la maison de Duhamel, le lac Simon, toé pis moé… Y se sont mariés, y ont quitté la maison, Gabriel longtemps avant de se marier, à cause de son père qu'y pouvait pas endurer, y ont fondé une famille sans savoir d'où y viennent vraiment… J'ai pas vécu avec eux autres depuis des années, j'avais oublié l'espèce de…

— De culpabilité.

— Non, c'est pas de la culpabilité parce que je les aime pis que je voudrais pas qu'y soient pas là. C'est plus un malaise. Parce que justement, y faudrait pas qu'y existent, tu comprends, mais y sont là, on se parle, Bartine pis moé, on fait à manger ensemble, pis y a... comme une barrière qui nous sépare... pis y a rien que moé qui le sais, Josaphat...

— Pis t'es pas capable d'oublier ça...

— L'as-tu oublié, toé?

— Moé, c'est pas pareil. Chus juste content de les retrouver. Comme chus content de t'avoir retrouvée, toé aussi. J'ai été séparé de vous autres pendant trente ans, Victoire, laisse-moé être content de vous retrouver!»

Elle pose une main sur son genou, là où, quelques minutes plus tôt, Duplessis se faisait les griffes.

«T'as raison. T'as sûrement raison. On s'est retrouvés, c'est le principal. Y faut que je m'habitue.»

Albertine vient de sortir de la maison. Elle se penche sur eux.

«Vous avez ben l'air sérieux, tou'es deux!»

Victoire retire sa main.

«Des vieux souvenirs...

— Encore des souvenirs de Duhamel...

— Oui, encore des souvenirs de Duhamel...

— Y faudrait que vous y retourniez, un bon jour, ça vous ferait peut-être du bien.

— Oh non, ça nous ferait pas de bien, Bartine. C'est trop loin. Dans le temps pis dans l'espace.

— Mon Dieu! Vous sortez vos grands mots aprèsmidi, moman! Avez-vous pris ça dans vos romans d'Henry Bordeaux?»

Cette fois, ça sent vraiment la couche. Et l'excla-mation d'Albertine épargne à sa mère le soin de chercher une réponse convenable.

«Marcel, bonyeu, quand est-ce que tu vas être propre! Chus sûre que t'es t'en retard sur tous les enfants de la rue! Y me semble qu'à ton âge, Thérèse faisait dans son pot comme tout le monde!»

Marcel rit malgré l'air sévère de sa mère.

«Envoye, rentre dans' maison que je te change...»

Avant de suivre Marcel, elle se tourne vers Josaphat.

«Vous allez rester à souper avec nous autres, mon oncle Joséphat?»

Il lui répond en restant bien droit sur sa chaise, les oreilles un peu rouges.

«Ben oui, ma fille, j'vas rester. Avec plaisir.»

Ils sont dix à table. Juste avant le souper, Coco, comme chaque soir, a aidé son père à allonger la table de la salle à manger. Ils ont installé les deux panneaux de bois centraux qu'on cache le reste du temps derrière l'énorme appareil de radio. Gabriel a fait rire Coco en faisant semblant de se coincer l'index. *Ayoye donc! J'pourrai pus me décrotter le nez!*

Victoire a sorti la plus belle nappe blanche, à cause de la présence de Josaphat, mais on mangera quand même dans la vaisselle ordinaire.

Nana et Albertine ont fait rôtir deux poulets, long-temps et à feu doux. Ils ont passé une partie de l'après-midi à dorer dans le beurre – rien d'autre, deux noix de beurre, du sel, du poivre –, diffusant dans tout l'appartement un arôme qui faisait saliver. Josaphat s'est plusieurs fois retourné sur sa chaise pour crier par la porte ouverte de l'appartement que ça sentait jusque dehors et qu'il avait hâte que six heures arrivent. Au retour du parc La Fontaine, les enfants ont hurlé *ça sent ben bon*, et les deux femmes leur ont défendu d'ouvrir le four pour jeter un coup d'œil. Il ne fal-lait pas laisser s'échapper la chaleur. Thérèse est tout de même entrée dans la cuisine pour aller se planter devant le poêle à charbon.

«Pis si Marcel vient bleu, qu'est-ce qu'on fait, moman? On va-tu manger trois poulets?»

Sa mère lui a donné une claque derrière la tête.

«Arrête donc de toujours faire la même farce! C'est pus drôle, là. Ça l'était déjà pas quand t'as commencé à dire ça! Pis ça fait longtemps que Marcel est pas tombé dans les confusions. Peut-être que ça reviendra même pus! Ça fait qu'arrête de répéter ça à tout bout de champ…»

Marcel, en entendant son nom, est entré dans la pièce en titubant sur ses petites pattes mal assurées.

«R'gardez, moman, y se tient même pus après les murs pour marcher!»

Albertine a lancé un long soupir avant de se pencher pour ouvrir le four.

«Ouan, pis j'suppose qu'on va être obligés de courir après lui dans toute la maison… J'ai failli virer folle, Thérèse, quand t'as appris à marcher! Un vrai sautereau!»

Thérèse, les poings sur les hanches, est venue se placer à côté de sa mère en tapant du pied, exactement comme Albertine lorsqu'elle est exaspérée.

«Vous, vous avez le droit de l'ouvrir, le four, pis pas nous autres?

— C'est pour l'arroser, insignifiante! Si tu veux que la peau soye brune pis croustillante, faut l'arroser! Y le fera pas tu-seul! Pis arrête de critiquer tout ce que je fais!

— Vous le faites ben, vous!

— C'est mon rôle! Chus ta mère!»

Elle nappait les poulets avec leur propre jus, grattant le fond de la lèchefrite avec la cuiller de bois pour en décoller les gras.

«Ça va être bon!

— Oui, pis redemandes-en pas! On est dix, à soir, va falloir les étirer pas mal… Surtout qu'y sont pas ben gros… C'est vrai que pour le prix qu'on les a payés, j'ai pas à me plaindre…

— Y ont pas coûté cher?

— C'est les deux seuls qui restaient, chez Provost, pis les derniers qui restent sont jamais les plus beaux, hein, ça fait que monsieur Provost me l'a dit quand j'ai appelé pour commander, pis y nous a faite un prix. Envoye, va énerver quelqu'un d'autre, moi faut que je travaille!»

Gabriel a cédé sa place en bout de table à Josaphat, les autres se sont distribués au petit bonheur la chance, personne, à part lui, ne s'étant encore choisi une place définitive. Édouard est arrivé à la dernière minute, tout essoufflé, en s'excusant de son quasi-retard. Une cliente particulièrement difficile s'était attardée et avait fini, *ben sûr, y fallait s'y attendre*, par partir sans rien acheter.

«Une chance qu'à c't'heure on reste pas loin, sinon j'aurais passé en dessous de la table!»

Gabriel, pour une fois, ne sent pas la bière. Il n'est donc pas passé par la taverne en rentrant du travail. Depuis le départ de leurs deux enfants, il va souvent noyer son chagrin à la taverne. Nana s'en désole, mais n'ose rien dire. Si la boisson gèle un peu sa peine, même pour un très court moment, en fin d'après-midi, tant mieux. Quant à elle, même si elle se trouvait une échappatoire, elle ne s'en servirait pas. Parce qu'elle ne veut pas oublier.

Le repas s'est passé dans un relatif calme. Les enfants ne se sont pas chamaillés, Marcel, dans sa chaise haute, n'a pas fait trop de dégâts – un peu, tout de même, surtout avec les petits pois qu'il déteste et qui se sont retrouvés sur le plancher –, les convives ont été d'accord pour dire que tout, le poulet, la sauce, les patates, les petits pois, était délicieux.

Albertine et Nana ont servi les assiettes dans la cuisine. Elles n'apportent jamais les plats sur la table, préférant choisir elles-mêmes les morceaux de viande destinés à chacun, surtout la taille des portions, les enfants ayant souvent les yeux plus grands que la panse. Victoire montre souvent du doigt l'assiette d'un des enfants.

« Pas de gaspille, finis ton assiette ! »

C'est l'heure du dessert.

Aidée des enfants dont c'est la tâche et qui ne rechignent pas trop – *tout le monde doit faire sa part, sinon on va virer folles, Nana pis moi* –, Albertine commence à ramasser la vaisselle.

« On a faite du Jell-O rouge, pis du Jell-O vert. Pis ajoutez pas trop de sucre ni de lait, y faut qu'y en reste pour demain matin. On arrive au bout du mois, nos coupons de rationnement commencent à être pas mal bas… Faudrait pas qu'on en manque… C'est la guerre pour nous autres aussi, même si la guerre est ben loin de nous autres… »

Pendant qu'on sert le Jell-O – cette fois, on a apporté les deux grands plats sur la table et chacun pige dedans avec une longue cuiller de bois –, Nana, sérieuse, visiblement nerveuse, déclare qu'elle a quelque chose d'important à dire. Tout le monde la regarde. Elle n'a pas l'habitude de demander la permission de parler, les sourcils se froncent et Albertine, croyant sans doute qu'il va s'agir d'elle, de son caractère, de sa façon d'élever ses enfants, parce qu'elle se sent sans cesse surveillée par sa belle-sœur – ce qui d'ailleurs est faux –, a même un haut-le-corps que tout le monde enregistre du coin de l'œil. Y aurait-il déjà des problèmes graves entre les deux femmes?

Nana tousse dans son poing, s'essuie la bouche avec sa serviette de table qu'elle dépose dans son assiette vide. On comprend alors que si elle ne prend pas de dessert, elle si gourmande, c'est que ce qu'elle a à dire est vraiment important.

«J'ai décidé que je profiterais du fait que tout le monde est là, pendant le repas du soir, pour vous dire...»

Elle prend une grande respiration, pose la main sur son cœur, se met ensuite à jouer avec le bord de son tablier, signe, chez elle, de grande nervosité.

«J'voulais vous dire qu'y faut faire quequ'chose pour Coco. Ça peut pas continuer de même. Y peut pas continuer à coucher en dessous de la porte d'arche entre deux chambres occupées par deux personnes plus vieilles que lui! Ça a pas de bon sens! Édouard rentre souvent tard, pis...»

Elle se tourne vers Victoire qui la voyait peut-être venir parce qu'elle a baissé les yeux.

«Pis excusez-moi, vous êtes la mère de mon mari, mais ça a l'air que vous ronflez ben fort pis que ça le réveille ou ben que ça l'empêche de dormir...

— J'ronfle pas si fort que ça...»

Coco, sans réfléchir et les oreilles toutes rouges, vient à la rescousse de sa mère.

«Oui, grand-moman, vous ronflez fort. Pis vous aussi, mon oncle Édouard. Pis... pis vous sentez la boisson quand vous rentrez tard...»

Silence gêné autour de la table. Quelqu'un va-t-il exploser, les mêmes arguments – *on est trop de monde, y faut que tout le monde fasse sa part, y en a pas, de place, y en a pas!* – vont-ils remonter à la surface comme chaque fois qu'il est question de promiscuité depuis qu'ils ont compris que l'appartement était trop petit pour neuf personnes et qu'ils avaient en fin de compte peut-être commis une grave erreur en s'y installant?

Nana se tourne en direction de Josaphat.

«Excusez-moi de dire ça devant vous, mon oncle Josaphat, mais vous étiez pas supposé être là pour souper… Je peux pas attendre plus longtemps… Y faut me comprendre! L'école commence ben vite, pis Coco va avoir besoin de dormir toutes ses nuits! C'est trop y demander! C't'un enfant de dix ans, y est en pleine croissance! Pis… pis si on règle pas ça à soir, moi, j'vous le dis, j'm'en vas. Avec ma famille. Je sais pas comment je vas faire, mais je vous promets que j'vas chercher un autre logement! Même si ça veut dire qu'on va être pauvres comme avant! Y faut que mes enfants dorment si y veulent aller à l'école. Y me semble que c'est facile à comprendre. Pis tout ça, c'est pas naturel! C'est pas naturel de coucher entre deux personnes qu'y connaît pas! J'ai pensé à ben des affaires… Y peut pas dormir avec Thérèse pis Flip, parce qu'à trois, faudrait qu'y en ait un qui couche sur la craque de leur sofa pliant. Y peut quand même pas coucher avec nous autres…!»

Édouard a étiré le bras au-dessus de la table pour donner une petite tape sur la main de Coco.

«J'te dérange-tu tant que ça, mon Coco?»

Coco a les larmes aux yeux. Il n'a pas l'habitude d'être le centre d'attraction et sentir tous les regards sur lui fait battre son cœur à tout rompre.

«C'est pas juste vous, mon oncle! C'est… je sais pas… C'est tous les bruits que vous faites tous les deux… Vos senteurs à tous les deux…»

Nana se lève, prend son assiette et se dirige vers la porte de la cuisine. Elle hésite avant d'y entrer, se tourne vers les autres.

« J'ai décidé une chose avec Gabriel. On va essayer quequ'chose, pis si ça marche pas... À partir d'à soir, Coco va revenir coucher dans la salle à manger comme quand on est arrivés ici y a trois semaines. Mais avant ça, quand va venir le temps d'aller se coucher, y va dormir dans notre lit. Pis, tous les soirs, quand le reste de la maison va aller se coucher, Gabriel va le transporter dans le sofa de la salle à manger... C'est la seule solution qu'on a trouvée, Coco, chus désolée. Mais personne se couche tard, ici dedans, tu vas pouvoir te reposer... Pis... pis si ça marche pas, 'coudonc, va falloir trouver d'autre chose. »

Au grand étonnement de tout le monde, un sourire est apparu sur les lèvres de Coco.

« J'haïssais pas ça, dormir dans la salle à manger, moman...

— Pourquoi tu l'as pas dit quand on t'a transféré dans l'autre chambre ?

— Vous aviez acheté un lit pliant, pis je sais qu'on n'a pas d'argent à gaspiller... Vous aviez dépensé tout c't'argent-là pour moi ! »

Gabriel s'est levé de table, a pris Coco dans ses bras.

« C'est pas grave, ça, Coco. On va s'en servir autrement... Le principal c'est que tu te reposes... Mon Dieu, t'es donc ben pesant, toi !

— Si vous me preniez dans vos bras plus souvent, vous le sauriez... »

Albertine se lève à son tour et, pour une fois, parle tout bas.

« Si vous voulez, si ça fait votre affaire, Coco pourrait dormir avec son frère dans le sofa du salon, pis

Thérèse... Thérèse pourrait dormir avec moi dans mon lit... Y est assez grand.»

Thérèse est aussitôt debout à côté de la table, les poings sur les hanches comme quelques heures plus tôt devant le poêle.

«Jamais de la vie! Jamais j'irai dormir avec vous dans votre lit! Ôtez-vous ça de l'idée!

— Toi, tu vas faire c'qu'on te dit de faire! C'est pas toi qui décides!

— Ah oui? Essayez donc, voir!»

Ça y est, une autre discussion sans fin entre Albertine et Thérèse commence. Elles vont se crier par la tête, les faux arguments vont fuser, la mauvaise foi va régner, personne ne gagnera la bataille qui les laissera toutes les deux épuisées et amères.

Comme d'habitude, elles ont détourné le sujet de conversation pour concentrer l'attention sur elles.

Coco est descendu des bras de son père et est venu se placer entre Albertine et Thérèse.

«C'est correct, ma tante. De toute façon, j'aime mieux dormir dans la salle à manger. Dormir avec Flip, ça serait pire que de dormir avec grand-moman pis mon oncle Édouard! Y est tellement fatiquant! J'ai assez de l'endurer le jour, j'ai pas envie de passer en plus mes nuits avec lui!»

Encore une fois – il semble en faire une spécialité –, il a désamorcé ce qui aurait pu devenir un long drame et tout le monde lui en sait gré.

Flip essaie, sans y parvenir, de donner un coup de pied à son frère.

Ils sont assis côte à côte dans le sofa de la salle à manger, un mastodonte rouge vin hérité de la famille de Paul – son seul héritage, semble-t-il –, que tout le monde trouve laid, encombrant, mais qui s'adonne à être le meuble le plus confortable de la maison. Comme on ne pouvait pas le mettre au salon parce qu'il ne s'ouvre pas et que Thérèse et Flip n'auraient pas pu y dormir, il a abouti ici, comme un gros animal importun. Le reste de la famille est dispersé à travers la maison, une partie est retournée s'asseoir sur le balcon, Gabriel pour fumer une dernière cigarette, Josaphat parce qu'il a promis une toune de violon si le bras commence à lui *démanger*, Victoire pour l'écouter avec grande attention parce qu'elle en a été trop longtemps privée. Albertine essaie d'endormir Marcel, ce qui n'est pas une tâche des plus faciles, Thérèse et Flip jouent au Parcheesi sur le vieux tapis élimé du salon en se traitant de tous les noms. *Allez-vous arrêter de crier, pour l'amour du Bon Dieu, c't'enfant-là s'endormira jamais !* Édouard a disparu aussitôt le repas terminé et on ne sait pas quand on le reverra. Sans doute au déjeuner, le bâillement fréquent et les joues fripées.

« Moman s'excuse. A' pouvait pas faire autrement. Fallait que tout le monde l'apprenne en même temps.

— C'est correct, moman...

— Ça va être mieux comme ça.

— Oui, ça va être mieux comme ça. »

Il s'est emparé d'un coussin qu'il presse à deux mains contre son ventre. Il faisait ça avec son oreiller, quand il était tout petit, et il ne s'est jamais débarrassé de cette habitude. Même son ourson en peluche n'a rien pu y changer.

« Qu'est-ce que vous allez faire avec le lit pliant ?

— Inquiète-toi pas pour c't'argent-là, mon p'tit chien. Y va finir par servir à quequ'chose. Ou ben donc on va le revendre... »

Elle prend le coussin, le dépose à côté de Coco. Il reste les bras ballants, comme s'il ne savait pas où mettre ses mains.

«Mais pendant la semaine que t'as passée dans la salle à manger, tu dormais bien, au moins?

— Oui, excepté quand quelqu'un allait aux toilettes… Des fois, ça me réveillait. Mais y en a qui faisaient attention.

— Faut dire qu'y sont ben mal placées, ces toilettes-là… À l'autre bout de l'appartement, derrière la cuisine. Y faut que grand-moman traverse toute la maison pour aller faire pipi… Pis le matin, on entend tout le monde faire ses affaires pendant qu'on mange.»

Un moment de silence. Il va finir par s'endormir. Elle devrait peut-être lui suggérer d'aller se coucher dans leur lit, à elle et à son père. Pour la première fois. Pour voir si son plan va fonctionner.

«Moman…

— Oui, mon Coco.

— On dirait que vous regrettez qu'on soit déménagés.»

Elle pose une main sur la cuisse de son fils, essaie d'en faire disparaître une tache de terre après avoir mouillé son pouce.

«Pour des histoires comme celle-là, oui, je le regrette. Avant, l'appartement était petit, mais on était entre nous autres. Là, on sait toute de tout le monde tout le temps. Y a des affaires qu'on a pas besoin de savoir sur le monde qu'on fréquente, t'sais… Mais t'es trop jeune pour que j'te parle de ces affaires-là.

— Non, j'pense que je comprends…

— T'es trop raisonnable, toi, ça va finir par te nuire…

— Vous dites toujours ça, que chus trop raisonnable.

176

— C'est vrai, aussi! Tu devrais te débattre un peu plus, des fois, mon Coco, apprendre à prendre ta place. C'est ben beau d'être obéissant, mais t'es pas obligé de faire *toute* c'qu'on te demande de faire!

— Vous me dites de vous désobéir? Vous me chicaneriez!

— Justement! J'me demande si j't'ai jamais chicané pour quequ'chose depuis que t'es venu au monde! Un enfant, c'est normal que ça se fasse chicaner de temps en temps.»

Sur les entrefaites, Thérèse passe en courant, en direction de la glacière où ramollit un reste de Jell-O vert, le moins populaire.

«Comme elle?

— Exagère pas! J'te demande pas de devenir un monstre!

— Est tannante, hein?

— Est plus que tannante, est tuable!»

Ils sourient. C'est lui, maintenant, qui pose une main sur la cuisse de sa mère.

«Ça fait longtemps que je vous ai pas vue sourire, moman.

— Ça fait longtemps que j'en ai pus le goût! Même là, là, j'avais pas le goût, j'suppose que c'est venu tu-seul.

— C'est peut-être bon signe...»

Elle lui pince les joues, presque à lui faire mal.

«R'gard-lé donc, lui, encore en train de philosopher!

— Ben, ça va ben finir par finir, un jour... votre peine. Non?»

Elle est redevenue sérieuse. Une ombre passe sur son front. Coco la voit à l'œuvre, le front, qui s'était déplissé, est maintenant strié de fines lignes et les sourcils se sont froncés. La bouche a pris un pli amer.

Elle a détourné les yeux, aussi, et regarde par la fenêtre qui fait le coin de la pièce, même s'il fait trop noir dehors pour y voir quoi que ce soit.

« Non, mon p'tit chien, c'te genre de peine là finit pas…

— Qu'est-ce que vous allez faire ?

— L'endurer. Jusqu'à mon dernier souffle.

— Vous dites toujours qu'y faut s'améliorer, dans la vie…

— Ça serait pas s'améliorer, mon Coco, ça serait… je sais pas… tricher la mémoire de mes enfants.

— Mais y vous en reste deux, moman ! »

Elle s'est jetée sur lui, l'a pris dans ses bras.

« Pensez pas que je vous aime pus, toi pis ton frère, c'est juste que… Pensez pas non plus que je vous oublie. Si vous vous sentez négligés, dites-moi-lé, c'est pas de ma faute, c'est pas l'impression que je veux vous donner, c'est juste que ça fait tellement mal, mon Coco ! »

Les premières notes de la *Méditation* de Thaïs entrent dans l'appartement par la porte grande ouverte du balcon et Nana se laisse sangloter dans les bras de son enfant.

Aussitôt la *Méditation* terminée, et après s'être essuyé les yeux, Nana se lève et se dirige vers la chambre. Elle en ressort quelques secondes plus tard en tenant dans ses mains quatre petites boules de laine angora, deux roses, deux bleues.

« C'est tout ce qui me reste d'eux autres. Des pattes de bébé. Quand y sont partis, j'avais tellement de peine pis j'étais tellement enragée que j'ai tout jeté ce qui leur appartenait… sauf ça, pis des portraits. Tout ce qu'y me reste de mes enfants c'est des bouts de laine tricotée pis des portraits que chus pas encore capable de regarder parce que ça fait trop mal. »

Elle revient s'asseoir auprès de Coco.

« Touche si c'est doux… »

Il prend les pattes de bébé qu'il caresse avec ses pouces.

« Vous m'avez déjà dit que je les ai portées, moi aussi…

— Les bleues, oui. Pis Flip aussi. Vous pouvez pas vous en rappeler, vous étiez trop petits… »

Il lui remet les petites boules de laine qu'elle porte à son nez.

« Ça sent encore la poudre de bébé… »

Il en reprend une, y insère un doigt, comme si c'était une minuscule marionnette.

« Moi aussi, je m'ennuie d'eux autres, vous savez…

— Y étaient fins, hein ?

— Y étaient pas toujours fins, y étaient pas parfaits, mais je m'ennuie d'eux autres pareil…

— On va dire qu'y étaient parfaits pour à soir, OK ? J'veux juste entendre des belles affaires à leur sujet. »

Elle lui passe la main dans les cheveux.

« Va falloir te faire couper les cheveux avant que l'école commence…

— J'veux pas aller chez Locas, y me les a coupés trop courts quand chus allé le voir pour la première fois.

— Je l'appellerai avant que tu y ailles… En attendant, parle-moi d'eux autres, conte-moi des souvenirs, des affaires d'enfants que vous faisiez quand j'étais pas là pour vous surveiller… Des affaires que je sais pas. »

Josaphat a eu le temps d'épuiser presque tout son répertoire – y compris *La gigue à Giguère*, qu'il n'avait pas jouée depuis des lustres et qu'il a un peu massacrée –

avant que Coco s'arrête de parler. Il a tout décrit avec ses mots d'enfant intelligent le souvenir qu'il a gardé de sa sœur et de son frère disparus. Enfin, les choses que voulait entendre Nana : les jeux, les rires, *la fois que… pis saviez-vous que… si j'm'en rappelle ben, une fois…*, les fous rires dans la grande chambre que les quatre enfants partageaient, parce que Flip, toujours prêt à les amuser, faisait le bouffon alors que c'était le temps de dormir, tout, jusqu'aux concours de pets, le vendredi soir, après le repas de fèves au lard… Des niaiseries, des détails sans importance, mais que Nana savourait les yeux fermés, la main sur l'épaule de son fils, les pattes de bébé posées sur ses genoux.

Plus tard, alors qu'il brandira son certificat d'études à la fin de son cours classique au collège Sainte-Marie, elle lui dira que ce fut là l'un des plus beaux moments de sa vie, la chose dont elle avait eu besoin pour trouver le courage de faire face au reste de son existence.

Peut-être bien une lueur d'espoir

C'était il y a deux ans :

« J'peux pas te dire qu'est fine, a'l' l'est pas toujours.

— Tu m'as dit que c'tait une femme malade…

— Est plus déprimée que malade.

— J'comprends, juste une jambe…

— Ça va plus loin que ça… »

Ils sont arrivés. Ils grimpent les quelques marches qui mènent au balcon et Édouard presse la sonnette.

« C'est-tu ben sale ?

— C'est plus poussiéreux que sale. A' fume pas, pis a' fait presque pas à manger… Des fois, j'me demande c'qu'a' mange… »

Une voix leur crie de loin d'entrer, que la porte est ouverte.

Rose est d'abord frappée par l'odeur, forte, insistante. On dirait que ça sent trop la fleur.

Un long corridor sombre, des portes de chaque côté, au bout l'amorce de ce qui doit être une salle à manger.

Édouard tourne tout de suite à gauche. Sans doute le salon.

« J'vous ai emmené la jeune femme dont je vous avais parlé… »

Rose a juste le temps de le voir se pencher au-dessus d'un fauteuil avant d'entendre le bruit d'un double baiser. Et, bien sûr, la première chose qu'elle remarque c'est l'unique jambe, bien posée sur le sol et chaussée d'une pantoufle de minou fuchsia.

«Tu y as dit que c'tait ben sale, hein? Faudrait pas qu'a'l' aye une mauvaise surprise…»

Une voix rauque, la voix de quelqu'un qui a beaucoup bu ou beaucoup fumé. Mais Édouard vient de dire qu'elle ne fume pas. Et une bouteille d'alcool trône sur une petite table posée à côté du fauteuil.

«J'y ai dit que c'tait poussiéreux.

— T'es ben généreux, mon homme…»

Édouard se redresse, lève le bras en direction de Rose.

«Madame Ti-Lou, je vous présente Rose Ouimet, une cliente du magasin de chaussures, qui a accepté de venir faire votre ménage à partir d'aujourd'hui.»

Il a pris un ton tellement officiel que Rose se demande si elle ne devrait pas faire une révérence.

«Approche-toi, aie pas peur…»

Rose fait quelques pas en direction de madame Ti-Lou qui la scrute des pieds à la tête.

Si Édouard ne lui avait pas dit qu'elle avait été une très belle femme, autrefois, et qu'elle avait fait pendant des années des ravages parmi les hommes d'Ottawa les plus riches et les plus en vue, elle ne l'aurait jamais deviné. Ce n'est pas qu'elle soit laide, mais tout dans son visage a coulé vers le bas, la bouche amère, les yeux, cernés et plissés comme ceux d'une myope, les bajoues pendantes. Mais les yeux, perçants, intelligents, malicieux, restent impressionnants. Rose essaie en imagination de relever tout ça et n'y arrive pas.

«Comment va ta mère?»

Rose et Édouard ont presque sursauté.

«Vous connaissez ma mère?

« — Rita ? Elle a travaillé pour moi pendant un temps. Trop court, d'ailleurs. T'es ben la fille de Rita Guérin, non ?

— Oui…

— T'es son portrait tout craché. Je l'ai vu tu-suite. Pis t'es habillée pareil. A' t'a jamais parlé de moi ?

— Non, a' parlait pas de ses clients…

— Tu sais que c'est la seule femme de ménage que j'ai jamais mis à' porte ? Une femme formidable. J'espère que ça va être la même chose pour toi, que tu vas être aussi efficace qu'elle…

— Elle a arrêté de travailler…

— Oui, je le sais. Les reins. A'l' a épuisé ses reins à faire des ménages, moi, je dirai pas à quoi j'ai épuisé les miens. »

Rose a rougi. Ti-Lou fait un grand sourire aux dents d'une étonnante blancheur, qui jurent dans ce visage jauni.

« J'vois qu'Édouard t'a mis au courant…

— Oui, je sais qui vous êtes.

— Qui j'ai été, tu veux dire. »

Elle replace le bas de sa robe, là où devrait se trouver sa seconde jambe. Celle en bois, inutile, est appuyée contre le fauteuil.

« Tu sais aussi que quand j'ai pas ma jambe de bois, y faut qu'a' soit à côté de moi, même si ça fait pas partie du ménage ?

— Non, je le savais pas, mais là j'le sais… »

Édouard regarde sa montre, embrasse Ti-Lou sur la joue et se dirige vers la porte.

« C'est ben beau, tout ça, mais y faut que je retourne travailler, moi… »

Ti-Lou se verse un petit verre d'alcool brun, sans doute du rhum, à cause du sucre dont elle raffole.

— Comment a' va, Teena, Édouard? Ça fait des années que chus revenue d'Ottawa pis j'y ai jamais vu le bout du nez…»

Édouard se retourne avant de sortir.

«A' va pas pire, mais…

— Ah, pis laisse donc faire. Au fond, ça m'intéresse pas pantoute. Mais si tu vois Nana, dis-y que j'ai fini les livres qu'a' m'a prêtés.»

Restées seules dans le salon, les deux femmes se regardent pendant quelques secondes sans rien dire. Rose étouffe parce que la maison est mal aérée et que la poussière règne partout. Une bonne aération, les portes et les fenêtres grandes ouvertes pendant une partie de l'après-midi, ça va faire du bien. De son côté, Ti-Lou devine que sous la robe de maison usée de Rose, mal taillée et qui pend de partout, sans doute achetée au rabais, chez Larivière et Leblanc ou chez United Store, se cache peut-être une belle femme. Une autre victime du manque d'argent. Il suffirait de quelques retouches, d'un peu d'encouragement…

«T'es pas un peu jeune pour être mariée, toi?

— Non. J'ai dix-neuf ans. C'est l'âge.

— Voyons donc! À dix-neuf ans, tu devrais encore être au club tous les vendredis soir, à danser pis à faire des folies!

— J'y allais même pas avant de me marier…

— 'Coudonc, t'as pas vécu, toi!

— On peut pas toutes être comme vous, madame Ti-Lou.

— C'est vrai. Malheureusement.»

Un autre cas désespéré? On verra plus tard, pour le moment deux choses en particulier lui importent.

«Avant tout le reste, j'ai deux choses à te demander, Rose… D'abord tu vas aller dans ma chambre, cherche, tu vas la trouver, pis tu vas me rapporter la boîte de chocolats aux cerises que j'ai oubliée sur ma table de chevet. Comme tu vois, j'aime le sucre. Le rhum à partir de midi, les chocolats aux cerises n'importe quand pendant la journée…

— Édouard m'a dit que vous aviez le diabète sucré!

— Ben oui, mais faut ben mourir de quequ'chose…

— Vous pouvez pas penser ça pour de vrai…

— Veux-tu savoir une chose? Oui, j'le pense pour de vrai! Mourir de ça à petit feu ou ben souffrir d'un affreux cancer, j'aime mieux mourir en mangeant du chocolat pis en buvant du rhum! Pis je veux pus que tu m'en parles. Jamais.»

Elle avale son petit verre de rhum, fait claquer sa langue comme un vieil ivrogne.

«Mais je t'ai pas dit la deuxième affaire… Dans le garde-robe de ma chambre, tu vas trouver des dizaines pis des dizaines de paires de souliers plus laides pis plus clinquantes les unes que les autres. J'en ai fait une collection, un temps, pour le fun, pour en rire parce que je les trouvais laides, mais là, ça m'amuse pus. J'veux que tu m'en débarrasses. J'ose pas le demander à Édouard parce que c'est lui qui me les fournissait, pis j'peux pas y offrir non plus parce qu'y saurait pas quoi faire avec. Sauf les vendre. Mais qui c'est qui voudrait de ça? Ça fait que tu vas me faire le plaisir de les mettre aux vidanges. Toute la gang! Y a ben des affaires que je veux que tu jettes, aussi, mais j'te dirai ça au fur et à mesure… J'suppose que je prépare ma sortie, tu comprends…»

Elle redresse la tête, prend une longue respiration, comme si elle luttait contre une grande émotion.

«Pis j'espère que quand tu vas repartir, en fin d'après-midi, la maison va commencer à ressembler à c'qu'a'l' était quand ta mère venait tous les mercredis. Le peu de temps qu'est venue ici, ma maison a été agréable à vivre. Pis j'ai envie que ça revienne. Chus tannée de la noirceur pis de la poussière…

— Avez-vous besoin d'aide pour mettre… votre jambe de bois? J'pourrais vous aider.

— Ben non. De toute façon, j'la mets rarement. J'aime juste ça la savoir à côté de moi. Au cas.

— Pourquoi vous la mettez pas? C'est commode.

— Chère tite-fille, si tu savais… J'la mets pas parce que ça commence à faire trop mal. Le moignon. Le bout du moignon me fait ben mal. Pis j'ai peur de consulter. À cause du danger de la gangrène. Ça fait que j'utilise plus mes bonnes vieilles béquilles pour me déplacer dans la maison… Des fois, quand j'vas prendre une marche, sur le boulevard Saint-Joseph – je descends presque pus jamais jusqu'à la rue Mont-Royal –, j'la mets. Mais comme ça fait mal, je boite plus qu'avant pis le monde me regarde. J'ai tellement aimé ça qu'on me regarde, pourtant… Bon, assez de jasage, là, va travailler…»

Deux ans ont passé, l'appartement de Ti-Lou luit désormais comme un sou neuf et une sorte d'amitié, au moins une complicité, s'est développée entre les deux femmes, faite de respect et d'admiration chez Rose, de protection – elle essaie de la conseiller sans la bousculer – et de mélancolie – *c'est si beau, la jeunesse* – chez l'ancienne louve d'Ottawa.

Une insupportable humidité s'est abattue sur Montréal qui gît, amorphe et mouillée, depuis trois jours. Personne ne dort parce que les lits eux aussi sont trempés. Les caractères s'échauffent, des gens qui ne se sont jamais chicanés en viennent aux coups, le centre-ville est souvent désert, la vie s'est un temps arrêtée. Dans la rue Fabre, des familles entières ont décidé de coucher sur les balcons suspendus au-dessus des trottoirs ou les galeries de bois, derrière les maisons. Des matelas ont été disposés n'importe comment et chacun essaie de se trouver un bout de drap pas trop moite sur lequel s'étendre. Il fait aussi chaud dehors qu'à l'intérieur des appartements, mais, au moins, une petite brise vient de temps en temps caresser les corps en sueur.

Nana est au désespoir. Non seulement elle n'arrive presque pas à dormir, mais sa corpulence l'empêche en plus de se joindre aux autres parce que, pense-t-elle, elle ne pourrait jamais se relever si elle couchait sur le plancher. Et elle est trop orgueilleuse pour demander de l'aide. Elle ne veut surtout pas que ses enfants voient leur mère dans une situation humiliante. Elle passe ses nuits à tourner dans son lit, à tapoter son oreiller, à essuyer son cou avec une débarbouillette, les plis de ses bras et de ses jambes. Et à ressasser ce que sa vie est devenue durant la dernière année. Le malheur qui s'abat sans prévenir sur une famille pourtant discrète et tranquille qui essayait de se débrouiller avec ce que le sort lui avait réservé, pas grand-chose, assez cepen-dant pour prétendre à une sorte de petit bonheur fait de petites choses, des moments, des bouts de journée où on peut se dire qu'on est bien sinon euphorique, l'amour des enfants, les repas pleins de rires, la lecture pour Nana, les sports à la radio pour Gabriel, de temps en temps des cadeaux pour les enfants ou une sortie au parc La Fontaine. Les rêves de jeunesse qu'on regrette de moins en moins. Elle ne maudit plus Dieu parce qu'elle s'est rendu compte que ça ne servait à rien et

189

qu'elle n'est plus sûre qu'il existe, alors elle n'a personne à qui s'en prendre. Quoiqu'il lui arrive plusieurs fois par jour d'avoir envie de crever les yeux d'Albertine, mais pas pour les mêmes raisons. Elle accumule donc tout ça, sa peine, ses rancœurs, ses récriminations, qui restent sans victime parce que Dieu, tout de même, qui ne pouvait pas répondre à ses blâmes, était une cible assez commode. Quand il lui arrive de somnoler, ses rêves sont hantés par des lits d'hôpital dans lesquels gisent des adolescents exsangues qui lui demandent sans cesse ce qui leur arrive et, surtout, pourquoi. *Arrêtez, arrêtez de me demander ça, ça me rend folle !* Elle se réveille encore plus trempée et souhaite ne plus se rendormir, même si, comme tout le monde, elle a besoin de sommeil. Pour ne pas éclater. Au matin, elle offre à ses deux garçons et à son mari un visage souriant alors que tout, à l'intérieur d'elle, est dévasté. Gabriel s'en doute et lui glisse des choses à l'oreille. Qui ne la consolent pas.

Quand cette canicule tardive finit enfin par s'essouffler, ou par se noyer elle-même, quelques jours avant le début des classes, tout le monde est épuisé. Les enfants, qui ont l'impression qu'on leur a volé une partie de la fin de leurs vacances, sont d'humeur massacrante, surtout Thérèse qui, comme d'habitude, s'en prend à sa mère. Les engueulades sont longues et pénibles, Victoire s'en mêle et se fait répondre par sa fille de se mêler de ses affaires, les choses s'enveniment encore plus, des portes claquent derrière lesquelles des cris se font entendre pendant des heures. Victoire, Albertine, Thérèse lancent leur trio infernal.

Nana se réfugie sur le balcon, un livre à la main. Elle vient de découvrir un auteur qu'elle ne connaissait pas et qui s'appelle François Mauriac. Elle lit

Le nœud de vipères qui la passionne. Elle n'a jamais lu de roman épistolaire et elle est fascinée par cet homme qui se confesse au lecteur. Elle a vraiment l'impression que l'auteur s'adresse à elle personnellement, c'est la première fois que ça lui arrive et elle s'en trouve très troublée. Au milieu des hurlements qui proviennent de la maison, elle lit donc les confidences de Louis, qui n'a pas de nom de famille, et qui ose dire dans une lettre, et avec une franchise déconcertante, ce qu'il pense de sa famille. Elle ferme le livre, se croise les bras. Si elle en avait le temps… Ou le courage.

« Savez-vous ce que j'ai faite ? J'me sus sacrée tout nue, pis chus restée comme ça pendant deux jours ! J'ai pas porté un seul vêtement pendant deux jours complets ! »

Rose Ouimet et Nana rient de bon cœur.

« C'est vrai ! J'exagère pas ! Pis quand j'avais trop chaud, j'me plongeais dans un bain d'eau froide avec ma bouteille de rhum pis un bon livre ! Quand l'eau était devenue trop tiède, je vidais le bain pis j'le remplissais d'eau neuve. J'ai même passé une nuit complète là-dedans. Pis voulez-vous savoir ? J'ai très bien dormi ! »

Le plumeau à la main, Rose fait semblant d'épousseter les étagères du salon, tout en contournant les bibelots qu'elle n'a pas envie de dépoussiérer un à un.

« Vous êtes ben chanceuse de pouvoir faire ça, madame Ti-Lou… J'me vois pas, moi, me promener tout nue dans' maison… Quoique mon mari haïrait peut-être pas ça… »

Ti-Lou avale la dernière gorgée de son verre de rhum et se penche hors de son fauteuil pour s'emparer de la bouteille. Elle a dû commencer à boire tôt ; il est à peine trois heures de l'après-midi, ses gestes sont incertains, sa prononciation molle.

«J'suppose que c'est un des seuls avantages à être célibataire… On peut se promener tout nu partout sans que ça dérange personne. »

Nana lui donne une petite tape sur la main.

«Vous avez assez bu pour après-midi, attendez au moins au souper. »

Ce beau rire de gorge qui l'avait tant charmée quand elle lui avait rendu visite à Ottawa lorsqu'elle était enfant, un vrai rire libérateur qui fait du bien même à celui qui en est témoin.

«Bon, la voix de la raison, encore… Sainte Nana, priez pour nous. Mais, comme toujours, t'as raison. Si je continue comme ça, j'aurai pas faim, pour souper, pis si je mange pas, j'vas avoir mal à la tête… Rose, irais-tu nous faire un bon café, s'il te plaît ? Fort ! »

Restées seules, les deux femmes ne disent rien pendant quelques secondes. Ti-Lou jette un ou deux coups d'œil en direction de la bouteille d'alcool que Nana finit par déposer par terre, hors de sa portée. Et de sa vue.

«Avant, vous trouviez pourtant ben des avantages à être célibataire…

— Avant, j'étais jeune. J'gagnais ma vie avec mon célibat.

— Ça vous manque ? Votre métier ?

— Oh, mon Dieu, non ! J'ai assez entendu râler d'hommes pour toute une vie ! Mais ça m'a permis de me payer mon indépendance. Chus arrivée à Montréal avec des valises d'argent que j'ai fait fructifier. Y en reste pus gros, mais j'en mène pas large moi non plus, ça fait que j'pense en avoir assez pour jusqu'à la fin.

— Dites pas ça ! »

— Pourquoi pas? Faut être réaliste! J'ai pas à me plaindre. J'aurai eu une fin de vie plate, mais tranquille. C'est ce que je voulais. Une bouteille de rhum, des chocolats aux cerises, ma crème pour le corps au gardénia, que j'ai pus les moyens de me payer mais que je me paye quand même. Y faut regarder ces choses-là en face, Nana. Comme tu le fais, toi, avec ce qui t'est arrivé. J't'ai déjà dit à quel point je t'admire, ma petite fille... »

Nana porte la main à son cou, joue avec son collier de fausses perles. Le premier bijou qu'elle se permet de porter depuis le début de son deuil.

« Mais c'est tellement dur.

— C'est dur maintenant. Ça va s'atténuer avec le temps.

— C'est ce que tout le monde me dit, même Gabriel qui souffre pourtant autant que moi.

— Pis tu les crois pas?

— Non, je les crois pas. Parce que je trouve que ça se peut pas. »

Ti-Lou pose une main sur celle de sa petite-cousine, crispée et froide malgré la chaleur.

« J'peux pas te dire d'essayer de pas souffrir, ça serait niaiseux. Souffre. Pis peut-être qu'un bon matin, en te réveillant, tu vas te rendre compte que ça fait un peu moins mal. Juste un peu, juste assez pour que tu t'en rendes compte... Tu vois, t'as mis un collier, aujourd'hui. »

Nana porte de nouveau sa main à son cou.

« C'est un cadeau de Gabriel. Parce que ça va être ma fête dans quequ'jours...

— C'est vrai, t'es du début de septembre, toi...

— Oui, le 2. Y me l'a donné d'avance en me disant que si j'en voulais pas, si j'étais pas encore prête à porter des bijoux, y irait l'échanger pour d'autre chose.

— Pis tu vois, tu le portes !

— Pour y faire plaisir.

— Peut-être un peu, aussi, parce que tu le trouves beau. »

Nana penche la tête, prend les perles dans ses mains.

« C'est vrai, hein, qu'y est beau ? Y a pas dû coûter cher, mais j'le trouve beau pareil. »

Sur les entrefaites, Rose arrive avec le café. Les deux femmes, sans se consulter, décident de changer le cours de la conversation.

« Quel âge que t'avais, quand t'es venue me voir pour la première fois, à Ottawa ?

— C'tait à peu près à la même époque de l'année. J'allais avoir douze ans. Pis là j'vas en avoir trente-neuf… Y s'en est passé, des affaires, depuis ce temps-là… Des belles, pis… »

Elle ne va tout de même pas pleurer, surtout devant Rose qui s'attarde dans le salon, peut-être pour qu'on l'invite à prendre le café.

« Vouliez-vous des gâteaux, avec ça, madame Ti-Lou ?

— Va donc plutôt chercher les biscuits au chocolat qui sont dans l'armoire au-dessus de la pantry… »

Nana se mouche, pose sur les genoux de Ti-Lou le livre qu'elle a apporté.

« Vous allez être contente, j'ai fini ma période Henry Bordeaux !

— Tant mieux, j'en pouvais pus !

— Là, c'est au tour d'un auteur qui s'appelle François Mauriac. La bibliothécaire m'a dit de me méfier, que c'était au bord de l'Index, ça fait que j'me suis dit que ça devait vouloir dire que c'est intéressant… J'ai lu celui-là… C'est un homme qui écrit une lettre… C'est ben beau. J'espère que vous allez aimer ça, parce que j'ai l'intention de passer à travers tout François Mauriac!»

Une diversion, n'importe quoi pour éviter de parler de ce qui les fait souffrir, le vieillissement et la maladie pour Ti-Lou, l'incompréhensible deuil pour Nana.

Depuis une visite qu'elle lui a faite en compagnie de sa mère, il y a quelques années, Nana apporte de la lecture à Ti-Lou. Celle-ci s'était plainte qu'elle avait tout lu ce qu'elle avait dans la maison, que la bibliothèque municipale était trop loin, que les livres, à la longue, finissaient par coûter cher. Nana, qui était abonnée à deux bibliothèques, lui avait alors offert – elle n'habitait pas loin, rue Papineau – de venir de temps en temps lui prêter les livres qu'elle aurait terminés, à condition toutefois que Ti-Lou les lise rapidement pour éviter d'avoir une amende à payer. Ti-Lou lit donc depuis des années selon les goûts de Nana, ce qui ne fait pas toujours son affaire. Surtout que Nana a tendance à traverser ce qu'elle appelle des «périodes» durant lesquelles elle épuise toutes les œuvres que les deux bibliothèques possèdent d'un auteur. Avant Henry Bordeaux, il y a eu la période René Bazin, et voilà que s'amorce celle de ce François Mauriac dont Ti-Lou n'a jamais entendu parler et qu'elle souhaite plus intéressant que le précédent qu'elle a trouvé un peu ennuyant.

«C'est-tu toujours triste comme Henry Bordeaux?

— Oui, mais j'pense que c'est mieux écrit. Y a ben des affaires que je comprends pas, mais le personnage principal est tellement enragé que ça me fait du bien.»

Pendant la maladie des enfants de Nana, Ti-Lou a été sevrée de livres parce que cette dernière n'arrivait pas à se concentrer et que, de toute façon, la lecture ne l'intéressait pas. Mais elle ne s'est pas plainte et a relu tout ce qu'elle avait dans sa petite bibliothèque, des œuvres qu'elle connaissait par cœur et qui lui semblaient maintenant bien mièvres à côté de ce que Nana lui avait fait découvrir, des choses qui remontaient parfois au tournant du siècle, des bluettes qu'elle dévorait dans sa suite du Château Laurier entre deux clients, et qui désormais l'agaçaient et la faisaient bâiller.

« Sais-tu ce que tu devrais faire, ma petite fille ? »

Les yeux baissés sur sa tasse de café, la voix hésitante.

« Ça me regarde pas, mais… »

Nana aussi a baissé les yeux. Vont-elles terminer cette conversation sans se regarder ? Parce que les choses qu'elles vont aborder sont trop sérieuses ? Elle relève la tête, regarde le profil de sa petite-cousine qui est, à son avis, resté beau, impérial, malgré l'âge, les rides, la mauvaise graisse. Qu'est-ce qu'elle va lui dire ? Quelle sorte de conseil va-t-elle lui donner ? On lui a déjà trop dit que le temps arrangeait les choses, qu'il fallait être patiente, elle ne veut plus entendre cette sorte d'argument.

« Allez-y, j'vous écoute… »

Ti-Lou la regarde, tout à coup. Nana croit lire une espèce de supplication dans ses yeux.

« Pourquoi tu me dis encore vous ? J't'ai tellement souvent demandé de me dire tu depuis que tu viens me voir… »

Nana, étonnée, se redresse dans son fauteuil. Ti-Lou a encore fait dévier la conversation.

« C'est-tu à cause de l'âge qui nous sépare ? »

La vérité, étonnamment, est facile et toute simple à dire, alors que Nana aurait cru ce genre de choses presque impossible à exprimer.

« C'est à cause du respect que j'ai pour vous… »

Ti-Lou a un haut-le-corps, manque de renverser sa tasse.

« Du respect ? T'as du respect pour moi ? »

Nana tente un sourire timide.

« Pis de l'admiration, oui. Moi aussi, je vous admire… »

De toute évidence, Ti-Lou ne sait pas que répondre. Elle pose sa tasse sur la petite table à côté de son fauteuil, ouvre le livre à n'importe quelle page pour se donner une contenance. Nana décide de venir à son secours avant qu'elle n'éclate en sanglots.

« Mais vous alliez me dire quequ'chose…

— Laisse faire… Tu vas me dire que ça me regarde pas…

— Allez-y, on verra ben… »

Ti-Lou se replace dans son fauteuil, ferme le livre, chasse des miettes inexistantes sur le devant de sa robe, comme si elle venait de manger des biscuits.

« Que c'est qu'a' fait, donc, elle, qu'a'l' arrive pas avec les biscuits ! C'est pas si compliqué que ça, trouver une boîte de biscuits, y me semble !

— Peut-être qu'a'l' a peur de nous déranger parce qu'on parle pas fort depuis qu'est partie, comme si on se disait des secrets… Mais arrêtez de tourner autour du pot, là, pis dites-le, ce que vous avez à dire… »

Ti-Lou prend une dernière gorgée de café, se racle la gorge avant de parler.

« Tu feras ben ce que tu voudras de ce que j'vas te dire… Mais… Écoute… Pourquoi tu demandes pas à ton mari de te faire un autre enfant ? »

Nana reste interdite.

« Ti-Lou ! J'vas avoir trente-neuf ans ! Pis chus trop grosse, j'pourrais jamais passer à travers !

— Y a des femmes qui font des enfants beaucoup plus tard que trente-neuf ans, Nana, tu le sais très bien. Pis depuis quand une grosse femme peut pas avoir d'enfants? Trouve-toi des excuses, si tu veux, moi, j'te dis ça comme ça…

— Ben oui, mais je veux pas remplacer les enfants que j'ai perdus! C'est eux autres que je veux, pas un nouveau!

— Tu serais pas capable d'aimer un autre enfant?

— C'est pas ça que je dis! J'ai eu quatre enfants pis j'aurais accepté avec plaisir d'en avoir d'autres! C'est pas que je l'aimerais pas, celui-là, c'est que j'aurais l'impression qu'y est juste un remplaçant…

— Peut-être au début, mais… ça t'occuperait…

— J'veux pas avoir un enfant juste pour m'occuper non plus! Voyons donc, qu'est-ce que vous dites là!

— C'est pas ça que je voulais dire, j'm'exprime mal, même si je pense que ça serait peut-être pas si mal…

— D'avoir un remplaçant?

— Peut-être que tu l'oublierais vite, chus sûre que tu t'attacherais à lui, que tu pourrais pas y résister…

— C'est sûr que j'm'attacherais à lui, mais j'aurais toujours l'impression de l'avoir faite pour les mauvaises raisons!

— Mais c'est pas grave si y est là pis si tu l'aimes! Tu vas te concentrer sur lui, sur ce que tu ressens pour lui!

— Mais j'vas trahir les autres! Ceux que j'ai perdus, pis ceux qu'y me reste!

— Ben non, Nana, ça t'empêcherait pas d'aimer les deux qu'y te reste! T'es t'encore jeune, t'as la chance de pouvoir avoir un autre enfant! Qui va peut-être t'empêcher de tomber dans la dépression! Qui va peut-être te sauver la vie! Pense à ça! Les autres aussi en profiteraient!

— Mais ça serait une grossesse difficile, avec ma corpulence…

— Arrête de penser juste aux côtés négatifs!»

C'est ce moment-là que Rose choisit pour venir porter le plat de biscuits qu'elle a garni de quelques sucreries, notamment les chocolats aux cerises dont raffole Ti-Lou, trouvés au fond d'une armoire.

Les deux femmes se taisent. Elles se font face, toutes droites dans leur fauteuil, on dirait presque qu'elles vont se sauter dessus, se tirer les cheveux, se griffer, tant elles sont tendues.

Rose pose le plat de biscuits sur la petite table et se sauve.

«Excusez-moi. J'voulais pas vous déranger. Y a d'autre café qui s'en vient…»

Ti-Lou prend une grande respiration, la main posée sur le cœur.

«On commençait à lever un peu trop la voix…»

Nana s'évente avec la main.

«Vous avez raison. Mais j'espère que vous me comprenez…

— J'espère que tu me comprends, toi aussi… C'est pour toi que je dis ça, c'est à toi que je pense…

— Ben, faut y penser à lui aussi…

— À l'enfant?

— Y faudrait pas qu'y le sache, qu'y le sente… Jamais.

— Pense pas comme ça, Nana. Si t'en veux vraiment pas, d'un enfant, fais-en pas, c'est tout! C'tait juste une suggestion, oublie ça! Prends un biscuit, un autre café, on va jaser, on va parler de François Mauriac, de ta nouvelle maison trop pleine de monde, je sais pas, d'affaires qui ont pas d'importance…

— Choquez-vous pas.

— J'me choque pas! Mais je suppose que la discussion est finie, moi, j'ai rien à ajouter. Penses-y… Ou ben penses-y pas… »

Nana se penche sur le plat de biscuits, choisit un chocolat à la cerise, qu'elle savoure lentement.

« Vous vous rappelez de ceux que vous aviez, à Ottawa? Y étaient tellement bons!

— Les Cherry Delights? J'comprends que je m'en rappelle! C'tait vendu juste en Ontario. J'm'en faisais venir quand quelqu'un d'Ottawa que je connaissais venait à Montréal. Mais y paraît qu'y en font pus. Peut-être que je faisais vivre la compagnie à moi tu-seule, pis qu'y ont fait faillite quand chus partie! »

Elles rient. Elles n'en parleront plus. De la possibilité d'un autre enfant. Ti-Lou est persuadée que tout est déjà réglé dans la tête de Nana, que son intervention était inutile, peut-être même impertinente.

« J'peux en prendre un deuxième?

— Tu peux prendre tous ceux que tu veux, j'les trouve facilement, ceux-là… Sont moins bons, mais c'est mieux que rien. »

Elles mâchent en silence pendant que Rose leur sert le café.

Après une longue gorgée pour faire fondre le reste de chocolat qui lui colle au palais, Nana s'essuie la bouche avec sa serviette.

« J'vous promets que j'vas y penser, Ti-Lou… »

Elle est tout près de lui, mais il ne la voit pas. Elle s'est approchée de la petite clôture de fer forgé qui ceinture le jardin et le regarde jouer avec une patte de bébé en laine angora bleue. Il est assis sur l'une des dernières marches de l'escalier extérieur, il a glissé la boule de laine à son index et il s'en sert comme d'une marionnette. Il la fait même parler. Il semblerait qu'elle s'appelle Pinocchio. Florence se penche un peu au-dessus de la clôture ; il ne sent toujours pas sa présence.

L'autre, le plus jeune, le bébé, la voit et lui envoie la main chaque fois qu'on l'installe sur le balcon. Ses deux cousins, Coco et Flip, ignorent l'existence de leurs nouvelles voisines.

Sans se retourner vers ses trois filles qui sont restées sur le balcon, elle dit :

« Ça me fait penser que ça fait longtemps qu'on n'a pas tricoté... »

Mauve se lève, descend les trois marches qui mènent au jardin, vient se placer au côté de sa mère.

« C'est vrai. J'm'en ennuie... Celles qu'on faisait étaient encore plus belles que celle-là. »

Violette donne un violent élan à sa chaise berçante.

« En tout cas, moi, j'ai jamais compris pourquoi on avait arrêté… »

Leur mère revient vers le balcon, mais reste sur le gazon qui aurait bien besoin d'être entretenu. Il est envahi de plantes folles et de mauvaises herbes. Elle se penche, ramasse sans même l'avoir cherché le seul trèfle à quatre feuilles que contenait le jardinet.

« Peut-être parce qu'on était en ville pis que Josaphat était trop accaparant… S'occuper d'un ivrogne, le guetter pour qu'y fasse pas de gaffes trop graves pendant des années, s'arranger pour qu'y fasse sa job chaque mois, en espérant qu'y nous glissera pas entre les doigts, c'est du travail… »

Rose étire le cou pour regarder le jeune garçon qui fait parler sa marionnette de plus en plus fort.

« Y me semble qu'y est vieux pour jouer avec un bout de laine, moman…

— C'est sa mère qui y a donné. C'est une patte qu'y portait quand y était bébé. C'est tout ce qui y reste de son enfance…

— Y a pas l'air d'aller mieux.

— Tant qu'y sera pas sûr de rester avec ses parents, y ira pas mieux.

— Y vont-tu le garder?

— Nana va tout faire pour pas s'en séparer.

— On peut-tu les aider?

— Non. On peut rien pour ces affaires-là. »

Elle remonte les marches, vient s'installer debout derrière les trois chaises de ses filles, toute droite comme elle l'a toujours fait.

« C'est vrai qu'y serait peut-être temps qu'on recommence à tricoter.

— Des pattes de bébé?

— Oui. Des pattes de bébé.

— Pas vous, moman. Vous, vous avez jamais tricoté.

— C'est vrai.

— Savez-vous pourquoi ?

— Non. On me l'a jamais demandé. Peut-être tout simplement parce que vous étiez meilleures que moi… »

Rose, Violette et Mauve rient.

« C'est rare que vous nous faites un compliment, moman… »

Elle leur répond avec un petit sourire en coin.

« C'est rare que vous en méritez. »

Faibles protestations parce qu'elles savent que Florence n'est pas sérieuse. Elles en méritent, des compliments. Depuis toujours. Depuis toujours. La nuit des temps ? Presque la nuit des temps.

Elles sursautent toutes les quatre. Coco vient de lancer un grand cri. Il a étiré la patte de laine pour lui faire un nez qui s'allonge, qui s'allonge…

« Menteur ! Menteur ! T'es juste un menteur ! »

Puis il emprunte une petite voix, comme celles que prennent les acteurs, à la radio, dans les émissions pour enfants.

« Chus pas menteur, j'dis toujours juste la *stricte* vérité ! »

Coco jette la fausse marionnette sur le trottoir.

« Vous êtes toutes pareils, les parents, vous êtes toutes des menteurs ! Toute la gang ! »

Les quatre femmes baissent la tête.

« C'est à lui de régler tout ça. Nous autres, on y peut rien. Malheureusement. En attendant, on peut recommencer à tricoter des pattes de bébé, c'est la seule utilité qu'on peut avoir pour le moment…

— Y a-tu assez de femmes enceintes pour toutes les pattes qu'on va tricoter, moman ?

— Si y en a pas aujourd'hui, y va y en avoir plus tard.

— Vous êtes sûre?

— Oh oui, chus sûre! Sinon, on les emmagasinera, c'est toute! Craignez pas, va venir un moment où ces pattes-là vont servir…»

Les trois filles se sont levées en même temps; il y a comme un bouchon dans la porte de l'appartement, c'est à qui entrerait la première.

«Savez-vous où y sont, nos tricots, moman?

— Non, mais vous en faites pas, on va les trouver.»

Violette, la plus timide des trois filles, hésite avant de poser sa question.

«C'est-tu vrai… C'est-tu vrai qu'on tricotait le temps avec nos pattes de bébé?

— C'est ça que tu pensais?

— Oui, mais j'avais l'impression que ça venait pas de moi…

— C'est pas grave, continue à le penser, si tu veux. Pis ça va être vrai.»

Après avoir déformé sa marionnette à force de l'étirer, de la triturer, Richard la fourre dans sa poche de pantalon, avec la toupie de bois, les bouts de ficelle, les billes de verre et la petite monnaie qu'il ira peut-être dépenser, un peu plus tard, chez Marie-Sylvia, où Duplessis, qui ne semble pas l'apprécier, va lui faire le dos rond et lui lancer des crachats.

«Vous passiez par hasard?»

— Disons que je passais exprès par hasard…»

Ils sont en pleine panne d'électricité depuis une demi-heure. Le quartier au complet est plongé dans le noir, peut-être même la ville entière. Leurs yeux se sont habitués peu à peu à l'obscurité et ils peuvent maintenant vaguement distinguer les maisons, de l'autre côté de la rue. Teena se penche sur sa chaise et regarde le ciel au-dessus des toits.

«Y a tellement d'étoiles! Ça me fait penser à Duhamel… C'est dans la Gatineau. J'ai une maison, là-bas, mais j'y vas presque jamais.»

Josaphat allume sa troisième cigarette au mégot de la deuxième.

«C'est vrai que ça fait penser à Duhamel… J'ai pas vu autant d'étoiles depuis trente ans! Depuis que chus parti de Duhamel, justement.

— Vous connaissez ça?»

Jusque-là ils ont parlé de tout et de rien. De la chaleur insupportable, des vêtements qui collent à la peau, des nuits sans dormir. Teena a offert du café à Josaphat qu'ils ont pris sur le balcon parce qu'il faisait trop chaud dans la maison. Pendant tout ce temps, Teena se demandait ce que voulait Josaphat. Ils se connaissent peu, ils se croisent parfois pendant les Fêtes, ou à un souper d'anniversaire, c'est à peu près tout. Alors pourquoi était-il venu sonner à sa porte?

«Oui, je connais ça. C'est de ça que je voulais vous parler, d'ailleurs… Pourquoi après tant d'années, je le sais pas, mais j'ai eu envie de vous le dire une fois pour toutes…

— Me dire quoi?

— Vous m'avez jamais reconnu, hein?

— Non, pourquoi je vous aurais reconnu? Quand Nana nous a présentés, j'avais l'impression que j'avais déjà vu votre visage quequ'part, mais…

— La maison que vous avez achetée, à Duhamel, c'était la mienne. Enfin, la mienne pis celle de ma sœur Victoire…»

Teena se tourne brusquement vers lui. Elle ne voit qu'une vague silhouette au milieu de laquelle brûle un bout de cigarette. Le brûlot bouge, Josaphat a commencé à se bercer sur sa chaise à bascule. Peut-être par nervosité.

«On s'est vus juste une fois, quand on a signé le contrat, j'étais pas là quand vous aviez visité la maison, c'est pour ça que vous m'avez jamais reconnu, je suppose…

— Pourquoi vous avez vendu?

— Ah, ça… Des histoires de famille. Le manque d'argent, Victoire qui allait se marier, partir pour Montréal. Moé, j'voulais pas rester tu-seul…

— Vous l'avez suivie jusqu'ici?

— Si on peut dire. Mais Télesphore pis moé, on s'entendait pas, ça fait qu'on s'est toujours cachés, Victoire pis moé, pour se voir.

— Pendant trente ans?

— Pendant trente ans.

— Ça a dû être dur…

— C'tait plus que dur… Ça a failli nous tuer tous les deux. Victoire a jamais accepté d'être partie de Duhamel, vous comprenez, c'était pas une femme faite pour la ville. Elle a eu une vie… ben difficile… Elle a travaillé comme un homme. Elle a jamais pus été heureuse après Duhamel. Parce qu'on était heureux à Duhamel, si vous saviez! Si Victoire était icitte, a' vous le dirait, elle aussi! La vraie liberté. On a connu la vraie liberté. Moé, de mon côté, j'ai erré après avoir gaspillé ma part de la vente de la maison en boisson pis en femmes, j'ai ensuite gagné ma vie comme j'ai pu avec mon violon. Une chance que j'avais ça. À c't'heure que Télesphore est parti, on en profite, j'vas voir Victoire souvent… On reprend un peu du temps perdu.»

L'électricité revient tout d'un coup, ils sursautent sur leurs chaises. Il fait trop clair, ils froncent les sourcils. Teena scrute le visage de Josaphat.

«Encore à c't'heure, j'vous reconnais pas.

— C'est normal, ça fait tellement longtemps.»

On dirait qu'il veut s'en aller. Il s'est donné un élan, comme s'il allait se lever.

«Pis vous savez pas pourquoi vous êtes venu me dire ça, tout d'un coup, à soir?

— J'voulais vous en parler depuis longtemps, mais j'osais pas, je sais pas pourquoi. En tout cas, Victoire sait pas que vous êtes la propriétaire de notre ancienne maison. J'y avais dit que je l'avais vendue à un cousin pour qu'au moins a' pense qu'a' restait dans la famille. Tout ce que je vous demande, c'est de pas vous échapper devant elle.

— On se voit presque jamais…

— Ça fait rien, faites attention, s'il vous plaît…»

Cette fois, il se lève pour de bon. Il frotte son pantalon à la hauteur des cuisses. De la cendre tombe sur le plancher.

«J'ai entendu dire que votre garçon est revenu de la guerre.

— Oui. Chus tellement contente.

— Blessé, y paraît?

— Oui. Un blessé de guerre. Un héros. Ça a l'air qu'y vont y donner une médaille.

— C'est grave?

— Y a perdu un œil. Pis y va boiter. Sinon, tout est correct.

— Y souffre pas trop?

— Sa jambe, un peu. Pas toujours.

— Tant mieux. Ben… merci de m'avoir écouté. Ça m'a fait plaisir de vous parler.»

Il descend les trois marches du balcon, se dirige vers le trottoir où des gens ont déjà commencé à circuler.

Elle se lève, descend elle aussi les trois marches de bois.

«J'comprends toujours pas pourquoi vous êtes venu me parler de ça, monsieur Josaphat.»

Il se tourne vers elle, sourit.

«Moé non plus.»

« J'ai dit non !

— Pourquoi ?

— Parce que je veux pas aller rester avec ta mère, un point c'est toute !

— Mais ça serait commode ! Pis ça coûterait moins cher ! »

Fleurette lui passe le dernier chaudron qu'il essuie, sans prendre la peine de le remplacer, avec son linge à vaisselle mouillé.

« J'aime mieux rester comme on est, on n'est quand même pas si pauvres que ça, que de voir mes enfants se faire élever par leur grand-mère…

— Qui te dit que ma mère se mêlerait d'élever nos enfants !

— Ta mère se mêle de toute, Théo ! J'ai pas envie de recevoir des conseils à la journée longue sur comment élever mes enfants par une mère qui a abandonné les siens pendant des années pis qui a ensuite laissé sa plus vieille élever les autres pendant qu'a'l' allait gagner sa vie dans les clubs !

— Si a'l' avait pas fait ça, mes sœurs seraient restées en Saskatchewan, pis je les aurais peut-être jamais connues ! C'est courageux ce qu'elle a fait, Fleurette, essaye pas de la diminuer… »

— J'essaye pas de la diminuer…

— As-tu pensé qu'a' veut peut-être justement racheter les années qua'l' a perdues avec mes sœurs…

— Ben, c'est ça, c'est à moi, ces enfants-là, pas à elle, j'ai pas envie qu'a' se rachète avec eux autres! A' peut ben les gâter quand a' les voit, mais je veux pas qu'a' se mêle de leur éducation!

— Tu pourrais peut-être retourner travailler…

— T'as ben la tête dure, à soir! Si t'essayes le chantage en plus, Théo, ça marchera pas! J'peux pas dire que je m'ennuie beaucoup d'équeuter des fraises, c'est pas ça qui va me faire changer d'idée!… Pis c'est toute ce que je sais faire…

— Mais c'est elle qui nous l'offre, Fleurette!

— A' nous l'offre parce qu'a' s'ennuie, Théo!

— Qui te dit qu'a' s'ennuie!

— Vivrais-tu pendant des années tu-seul avec monsieur Rambert, toi? Non, hein? Ben, elle non plus! Excuse-moi de te dire ça de même, c'est ton père, mais c'est pas l'homme le plus divertissant du monde! Pis y a tellement rien entre vous deux que tu l'appelles encore monsieur Rambert. T'es même pas capable de l'appeler popa.

— C'est pas pour ça, pis tu le sais très bien… Ça fait pas longtemps que j'ai appris que c'était mon père…

— Ça fait six ans…

— J'ai passé toute mon enfance à croire que mon père était un marin, quasiment un pirate, pis…

— Des désappointements, on en a toutes, faut en revenir, un jour… Mais c'est pas de ça qu'on parle… Si on déménage chez ta mère, Théo, c'est moi qui vas vivre à la journée longue avec eux autres, c'est pas toi!»

Elle se colle à lui, passe ses bras autour de sa taille.

«Chus sûre qu'on serait gênés de faire ce qu'on est en train de faire, si y étaient là… On aurait pus d'intimité, Théo! Pense à ce que Gabriel nous conte sur ce qui se passe sur la rue Fabre, depuis un mois… As-tu envie de vivre ça?

— Y sont neuf. Y sont trois familles. Pis y sont pas encore tout à fait adaptés…

— On serait six, on serait deux familles, pis ça serait pas plus drôle, Théo… J'ai pas le goût d'être obligée de m'adapter à une situation qui m'intéresse pas…»

Elle l'embrasse dans le cou, là où elle sait – le petit bout de peau derrière la mâchoire, juste sous l'oreille gauche – qu'il est le plus sensible, le point névralgique qui fait qu'il ne peut pas lui résister.

C'est elle qui lui a tout appris, avec patience, avec doigté. Quand ils se sont mariés, Théo était encore trop tôt et trop vite excité, un adolescent attardé qui n'avait aucune confiance en lui-même et qui n'arrivait pas à contrôler son désir. Les premiers mois ont été difficiles pour elle, humiliants pour lui. Elle n'en savait pas plus que lui au sujet de la sexualité, mais elle s'est armée de patience, a pris l'initiative de leurs ébats amoureux. Elle a d'abord connu des défaites décourageantes, a souvent failli perdre patience parce que lui n'en avait aucune et s'enrageait à chaque déconfiture, puis, peu à peu, elle ne saurait aujourd'hui dire comment, elle l'a fait se détendre, se contrôler, apprendre les bons gestes, les bons rythmes. Elle a réussi à transformer ce qui aurait pu devenir un véritable malheur en une situation à peu près acceptable. Après quatre ans de mariage, il n'est pas encore le meilleur des amants, mais l'amélioration est remarquable, ils ont fait deux enfants qu'ils adorent, et Fleurette caresse l'espoir qu'ils seront un jour harmonieux et satisfaits, même si sa mère prétend que c'est impossible parce que les hommes sont des égoïstes qui ne pensent qu'à leur plaisir.

« Restons donc comme on est, Théo, gâchons donc pas ce qu'on a… »

Il se détache d'elle, dépose le linge à vaisselle sur le bord de l'évier.

« J'continue quand même à penser que c'était une bonne idée… »

Maria sort de la maison et vient s'asseoir à côté de Fulgence qui se berce en regardant les gens passer dans la rue Montcalm.

« C'tait Théo ?

— Oui.

— Pis ?

— J'ai ben peur qu'on va crever comme deux rats tu-seuls dans leur coin, mon Fulgence… Personne veut venir rester avec nous autres. »

Personne ne pourrait se douter que la soirée qui s'est amorcée comme toutes les autres, avec lenteur avant que l'alcool ne commence à faire effet, va se terminer par une rupture. Même pas Édouard qui, pourtant, d'abord à cause des circonstances, ensuite pour y avoir réfléchi, ressent depuis quelque temps une sorte d'insatisfaction lorsqu'il entre au Paradise, qui l'éloigne sans qu'il le veuille de la bande d'inadaptés qu'il fréquente depuis plus de dix ans et qui est devenue pour lui, au fil des années, du moins essaie-t-il de le croire, presque une seconde famille.

En déménageant rue Fabre, il s'est rapproché de son travail, mais il s'est éloigné du Paradise. Avant, il mettait une bonne heure à se rendre et à revenir de la boutique de souliers, maintenant il y est en moins de cinq minutes. Lorsqu'il habitait ruelle des Fortifications, il marchait jusqu'au Paradise plus souvent qu'il n'aurait dû, hiver comme été – une courte promenade à travers la vieille ville –, rentrait tard plusieurs fois par semaine, au grand dam de sa mère avec qui il avait des engueulades monstres, il s'étourdissait, il oubliait sa vie de petit vendeur de souliers en se dissimulant dans le personnage qu'il s'était inventé pour se protéger, cette duchesse de

Langeais qui l'avait sans doute, et souvent, sauvé de la dépression. Maintenant que le Paradise est situé à l'autre bout de la ville, il ne s'y rend que les fins de semaine et les soirées passées dans l'appartement de la rue Fabre, au milieu d'une vraie famille, d'une famille multiple, avec sa belle-sœur qu'il adore, sa sœur qu'il aime agacer et faire enrager, sa mère avec qui il continue de se chicaner, tous ces enfants bruyants mais si divertissants, la vraie vie, quoi, pas un rideau d'illusion qui le coupe de la réalité, lui font jeter un regard différent sur celles passées à boire et à faire le bouffon. Non pas qu'il veuille se débarrasser de la duchesse, elle est trop précieuse, un refuge dont il ne se départira jamais. L'insatisfaction qu'il ressent provient plutôt de ses amis, qu'il aime bien, la Rolande Saint-Germain, la Vaillancourt, Xavier Lacroix et tous les autres, mais qui avec le temps sont devenus son seul public, gagné d'avance et prêt à rire à tout ce qu'il dit et à tout ce qu'il fait, même les pires niaiseries. Un public, pas une famille. Et qui représente une certaine facilité dont il commence à se lasser. Si quelqu'un de plus drôle que lui se présentait au Paradise, il le remplacerait rapidement, comme lui-même s'est emparé avec grande facilité de la place de Xavier Lacroix, il y a onze ans.

Ils sont tous assis à leur table habituelle, même Xavier Lacroix qui, cette semaine-là, ne joue pas au théâtre Arcade. *Les sœurs Giroux n'avaient pas besoin de moi. Le premier rôle était trop jeune pour moi, il n'y avait pas de père noble, bye bye, et une semaine de congé sans solde…* Samarcette, avec qui Édouard cultive une épisodique et innocente liaison, vient de terminer son premier spectacle. On l'a hué sans même l'avoir regardé pirouetter parce que c'est ce qu'on fait depuis toujours lorsqu'il est en scène. Quelques bières ont été calées, pas assez pour que le ton monte ou qu'éclatent des rires difficiles à justifier autrement que par l'ivresse. La conversation languit, on croit, on espère plutôt, que la duchesse attend le bon moment pour lancer les hostilités. La soirée est au bord d'être ennuyante et des sourcils commencent à se froncer.

Xavier sort une lettre de sa poche.

« J'avais oublié de vous apprendre une bonne nouvelle. Ça ne vous intéressera peut-être pas, mais je vous le dis quand même. Valentin Dumas ne vient pas s'installer à Montréal, en fin de compte. Il a préféré Marrakech. Il a pu se glisser clandestinement sur un bateau qui partait pour l'Afrique… Avec les hivers qu'on traverse ici, il ne connaît pas sa chance… Je n'ai donc plus à m'inquiéter… »

Aucune réaction.

« Vous pourriez au moins vous réjouir pour moi. »

Toujours pas de réaction. Xavier a pourtant souvent expliqué sa relation compliquée et malsaine avec ce Valentin Dumas, son inquiétude de le voir venir s'installer à Montréal parce qu'il a peur de retomber entre ses griffes, le danger que cet homme représente pour lui.

C'est à ce moment-là, devant cette indifférence, qu'Édouard est frappé au cœur. Cette absence d'empathie pour un des leurs, pire, cet évident manque d'intérêt pour tout ce qui se passe à l'extérieur du Paradise, dont il était conscient, mais qu'il s'arrangeait pour oublier ou en faire abstraction, le fait sursauter sur sa chaise. En effet, que connaît-il d'eux, à part ceux avec qui il fait un semblant de musique une fois par semaine ? Au fil des ans, ils ont vaguement parlé de leur métier, la plupart du temps pour s'en plaindre, certains n'ouvrent presque jamais la bouche, sauf pour boire et rire, des figurants qui réagissent au bon moment, interchangeables parce que sans véritable personnalité. S'est-il déjà intéressé à leur sort? A-t-il jamais essayé d'entamer une conversation avec eux? Manque-t-il lui aussi de curiosité et d'empathie pour les autres? Enfin, pour ceux-là qu'il fréquente pourtant depuis si longtemps?

Il a l'impression que le rideau vient de tomber. Que le spectacle que représentait pour lui le Paradise, sans vraie fin, vient de se terminer. D'un seul coup. Une mauvaise conclusion qui le laisse frustré, avec un goût d'inaccompli au fond de la gorge. Son habileté à se duper lui-même est tombée en une seconde et il a peur de s'écraser, le front sur la table ou le nez dans sa bière. Il a envie d'être ailleurs, de vivre autre chose. À tout prix. Là, tout de suite! Mais quoi? Et où? Il voudrait se lever, s'éloigner en courant, sortir sur la Main et hurler. La duchesse qui disparaît cul par-dessus tête sans demander son reste. Pour aller où? À côté, un peu plus haut sur la Main, là où des clubs de nuit comme le Paradise commencent à fleurir parce que les promoteurs véreux sentent l'argent facile qu'on peut faire avec les laissés-pour-compte dont personne ne voulait il n'y a pas si longtemps, les *vieux garçons*, cette mine d'or si longtemps négligée? Et recommencer la même chose ailleurs?

Il les regarde tous, un à un. Des bouilles rouges, des teints jaunes, des joues couperosées, le léger tremblement de la main chez ceux que l'alcool, dont ils ont un besoin impérieux, n'a pas encore commencé à calmer. Certains le guettent du coin de l'œil. Ils attendent que la duchesse, qui tarde, ils se demandent bien pourquoi, lance son premier jeu de mots ou sa première vacherie pour jeter vers le plafond leur premier rire gras. Ce serait à elle, comme chaque soir, de donner le signal. Mais il n'y en aura pas de signal, ce soir. Ils ne savent pas encore que la duchesse de Langeais est sur le point de tirer sa révérence.

Édouard se retrouve debout avant même d'avoir réalisé qu'il se levait. Toutes les têtes se tournent vers lui. Ça y est, la soirée va commencer. Quand la duchesse se donne la peine de se lever pour parler, c'est qu'elle a quelque chose de particulièrement drôle à dire.

Mais la duchesse, après avoir reculé de quelques pas, se contente de faire une profonde révérence, comme celles qu'on doit exécuter devant le roi d'Angleterre ou sa femme qui, dit-on, carbure au gin. Édouard n'arbore pas les oripeaux des grandes dames, ni la robe d'apparat, ni les diamants obligatoires, ni la coiffure du dernier bien, il porte le costume qu'il a endossé pour aller travailler, le matin même, la veste un peu râpée aux coudes et les genoux usés à force de s'accroupir aux pieds des clients. On jurerait tout de même qu'une suivante de la reine, qu'une duègne espagnole de haut rang, qu'une des maîtresses d'un quelconque roi se prosterne au centre précis du plancher du Paradise, pour saluer un grand personnage ou, tout simplement, dans le cas de la duchesse de Langeais, l'arrivée de son prétendant, monsieur de Montriveau.

On l'applaudit par pure habitude, attendant le reste qui promet d'être intéressant.

La duchesse se redresse, lève le bras pour faire silence et, toujours avec la voix mouillée de Renée Saint-Cyr que son public apprécie tant, elle dit, visiblement émue :

«Chers émis. Eussia fallusse que je préparasse un petit discours, mais je n'en ai pas eu le courage… Je dois vous quitter. Non, non, non, ne protestez pas, ne vous levez pas, cela n'en vaut pas la péééne. Continuez vos agapes, buvez, chantez, amusez-vous, pour ce qui est de moi, un bateau m'attend à la porte pour m'emmener dans un couvent de carmélites déchaussées, sur l'île de Majorque, *in the middle of nowhere*, où j'ai décidé de me retirer pour un temps. Pour m'adonner à mon art, à mon vrai talent : l'orgue. Je dois vous l'avouer, je touche l'orgue depuis quelque temps et c'est devenu ma seule passion. »

Elle porte la main à son cœur, lève le regard vers le plafond.

« Lorsque vous penserez à moi, regardez le ciel, contemplez les étoèles et dites-vous que quelque part sous ces étoèles, une carmélite déchaussée joue du Bach comme une forcenée. *L'art de la fugue*, le bien nommé. Et qu'elle est heureuuuuuse. Au revoère, chers émis, et à la prochéne. »

Croyant assister au début d'un numéro qui va durer une partie de la soirée, on lui fait un triomphe et on l'encourage à poursuivre, *vas-y, duchesse, t'es capable, fais-nous Edwige Feuillère dans* La dame aux camélias, *ou ben Theda Bara dans* Mata-Hari, *fais-nous ton fameux numéro de ma tante Henri, duchesse!*

Mais elle a déjà tourné le dos et se dirige vers la sortie. S'attendant à une pirouette ou à un mauvais jeu de mots lancé à la cantonade au bénéfice du Paradise au grand complet, ils se lèvent tous et attendent dans un impressionnant silence.

Arrivée à la porte, Antoinette de Navarreins, duchesse de Langeais, se retourne, lève la main et esquisse un simple geste de la main.

« Bobye, tout le monde… »

Ils sont convaincus qu'elle va revenir en entonnant une chanson cochonne avec sa grosse voix de baryton, alors ils restent immobiles et attendent.

Ils sont assis de chaque côté du lit. Ils se font dos. Les coudes sur les genoux, Gabriel se tient la tête à deux mains. Nana vient de traverser l'une de ses pires crises de larmes. Il a essayé de la consoler, elle lui a dit de ne pas parler, de la laisser faire, qu'elle en avait besoin, sinon elle allait exploser. Il fallait qu'elle se vide. C'est ce qu'elle a dit. Qu'il fallait qu'elle se vide. Elle avait plaqué ses mains sur sa bouche, mais tout le monde l'entendait geindre dans l'appartement, même la porte fermée. Richard et Philippe sont venus cogner à coups discrets pour s'informer de leur mère. Leur père leur a dit de s'éloigner, que ça allait passer, que ça allait déjà mieux, que c'était presque fini. Et il est convaincu qu'ils sont restés là, l'oreille collée contre la porte.

Ils restent donc assis dos à dos pendant de longues minutes.

C'est bien sûr Gabriel qui brise le silence. Il sait que s'il attend trop longtemps, la crise risque de recommencer.

«Chus vraiment désolé d'avoir insisté pour qu'on déménage, Nana…

— Tu pensais faire pour le mieux. J'y ai cru, moi aussi, un temps… Pis peut-être qu'on va finir par s'habituer… Toute cette agitation-là va peut-être finir par nous étourdir, on sait jamais.

— Qu'est-ce qu'on va faire? Veux-tu qu'on redéménage? Si c'est ça que tu veux, on va le faire!

— Tu sais ben qu'on n'en a pas les moyens… Pis tu sais aussi que c'est pas ça le pire… Le pire partirait pas même si on était ailleurs, Gabriel, y nous suivrait partout, faut juste qu'on l'endure jusqu'à ce qu'y se calme. Si jamais ça arrive.»

Elle se tourne dans le lit, lui prend la main.

«C'est-tu arrivé, pour toi, Gabriel? Ça s'est-tu calmé un peu, commences-tu à moins souffrir?»

Il porte la main de Nana à sa bouche, y dépose un long baiser.

«C'est pas parce que tu me vois pas pleurer que j'ai pas de peine, Nana…

— Je le sais, c'est pas ça que je voulais dire. Mais ça fait tellement mal que j'espérais que ça soit moins pire pour toi, en tout cas moins long…

— C'est pas moins pire, ça sera pas moins long, c'est juste plus difficile à sortir…

— Faudrait que tu le fasses, pourtant. Pleure, Gabriel, ça fait combien de fois que je te le dis?

— J'pleure, mais pas devant le monde. Quand personne peut me voir.»

Il se lève, fait le tour du lit, vient s'asseoir près d'elle.

«Sais-tu où je pleure le plus, Nana?

— Non, j't'ai presque jamais vu pleurer.

— À l'imprimerie. Derrière ma presse. Pendant que j'imprime mes calendriers pieux pis les portraits en couleurs du Sacré-Cœur. Parce que ma machine fait du bruit, que personne m'entend, que personne me voit… J'm'installe devant le châssis qui est derrière ma presse, pis… des fois, ça dure tellement longtemps…

— Ça te fait-tu du bien ?

— Non, ça me fait pas de bien. Toi ?

— Moi non plus. Chus fatiquée de pleurer, Gabriel, pis j'en ai encore de besoin…

— Sais-tu ce que mon patron m'a dit ? D'endurer ce qui se passe aujourd'hui, d'essayer, même, de pas y penser… D'endurer jusqu'à ce que ça passe sans penser à ce que c'est…

— Y disent toutes la même chose. On dirait qu'y se sont consultés. Une vraie conspiration ! J'aimerais ben ça, les voir à notre place…

— Y en a d'autres qui en ont perdu, des enfants, Nana…

— Pas comme nous autres ! Pas comme nous autres, Gabriel ! Pas deux en même temps, de la même maladie, une maladie qui aurait pu être guérie pis qui l'a pas été parce que les remèdes étaient réservés aux blessés de guerre…

— Faut pas leur en vouloir…

— J'leur en veux pas ! Tant mieux pour eux autres si y guérissent ! Le garçon de ma tante Teena qui est revenu de la guerre tout amoché va s'en sortir, pis chus ben contente pour lui pis sa mère… C'est… je sais pas… c'est au hasard, aux circonstances que j'en veux ! Si y avaient été malades avant ou après la guerre, y seraient peut-être pas morts… »

Il la serre dans ses bras. La berce. Son cou est vite mouillé des larmes de Nana. Une autre crise s'amorce.

Elle le repousse, soudain, avec douceur, puis elle le regarde dans les yeux.

« Fais-moi un autre enfant ! Fais-moi un autre enfant, Gabriel ! Fais-moi une autre fille ! »

Key West, 29 décembre 2014 – 11 avril 2015

MOT DE L'AUTEUR

Maintenant qu'avec *La traversée du malheur* j'ai terminé définitivement ce que j'appelle depuis longtemps mon puzzle, commencé en 1966 avec la première version d'*En pièces détachées*, il est possible, si l'on veut, de suivre les familles de Rhéauna et de Gabriel de 1910 à 2003, soit de *La maison suspendue* à *Le paradis à la fin de vos jours*. Pour ceux que ça pourrait intéresser, voici comment parcourir cette double saga à travers le vingtième siècle de façon chronologique. (*La maison suspendue*, *Albertine en cinq temps* et *Encore une fois, si vous permettez* sont difficiles à placer parce qu'elles se passent à plusieurs époques en même temps, mais j'indique les scènes à lire pour respecter la chronologie des familles.) J'ai aussi inclus les quatre livres de souvenirs d'enfance et d'adolescence pour lesquels j'ai utilisé les vrais noms des membres de ma famille. Ceux qui le veulent s'y retrouveront.
Bon courage aux aventureux !

M. T.
Revu et corrigé le 20 mars 2015

La maison suspendue, pièce de théâtre, les scènes de 1910 entre Victoire, Josaphat et Gabriel (famille de Gabriel)
La traversée du continent, roman, année 1913 (famille de Rhéauna)
La traversée de la ville, roman, année 1914 (famille de Rhéauna)

La traversée des sentiments, roman, année 1915 (famille de Rhéauna)

Le passage obligé, roman, année 1916 (famille de Rhéauna)

La grande mêlée, roman, année 1922 (les deux familles)

Au hasard, la chance, roman, année 1925 (famille de Rhéauna)

Le passé antérieur, pièce de théâtre, année 1930 (famille de Gabriel)

Les clefs du Paradise, roman, année 1931 (les deux familles)

Survivre! Survivre!, roman, année 1935 (les deux familles)

La traversée du malheur, roman, année 1941 (les deux familles)

La grosse femme d'à côté est enceinte, roman, année 1942 (famille de Gabriel et Rhéauna)

Thérèse et Pierrette à l'école des Saints-Anges, roman, année 1942 (famille de Gabriel et Rhéauna)

Albertine, en cinq temps, pièce de théâtre, année 1942, les scènes d'Albertine à trente ans (famille de Gabriel)

La duchesse et le roturier, roman, année 1947 (famille de Gabriel)

Des nouvelles d'Édouard, roman, année 1947, le voyage d'Édouard à Paris (famille de Gabriel)

La maison suspendue, pièce de théâtre, année 1950, les scènes entre Nana, Édouard, Albertine et Marcel (les deux familles)

Bonbons assortis, récits et pièce de théâtre, années cinquante (les deux familles)

Les vues animées, récits, années cinquante (famille de Gabriel et Rhéauna)

Un ange cornu avec des ailes de tôle, récits, années cinquante (famille de Gabriel et Rhéauna)

Douze coups de théâtre, récits, années cinquante (famille de Gabriel et Rhéauna)

Albertine, en cinq temps, pièce de théâtre, années cinquante, les scènes d'Albertine à quarante ans (famille de Gabriel)

Le premier quartier de la lune, roman, année 1952 (famille de Gabriel et Rhéauna)

Encore une fois, si vous permettez, pièce de théâtre, années cinquante, les trois premières scènes (famille de Gabriel et Rhéauna)

La nuit des princes charmants, roman, année 1959 (famille de Gabriel et Rhéauna)

Fragments de mensonges inutiles, pièce de théâtre, les scènes de 1959 (famille de Gabriel et Rhéauna)

Encore une fois, si vous permettez, pièce de théâtre, année 1961, la quatrième scène (famille de Gabriel et Rhéauna)

Marcel poursuivi par les chiens, pièce de théâtre, année 1963 (famille de Gabriel)

Un objet de beauté, roman, année 1963 (famille de Gabriel et Rhéauna)

Encore une fois, si vous permettez, pièce de théâtre, année 1963, dernière scène (famille de Gabriel et Rhéauna)

Albertine, en cinq temps, pièce de théâtre, année 1964, les scènes d'Albertine à cinquante ans (famille de Gabriel)

En pièces détachées, pièce de théâtre, année 1966 (famille de Gabriel)

Le cahier noir, roman, année 1966 (présence d'Édouard)

Le cahier rouge, roman, année 1967 (présence d'Édouard)

Le cahier bleu, roman, année 1968 (présence d'Édouard)

La duchesse de Langeais, pièce de théâtre, année 1968 (Édouard)

Le vrai monde?, pièce de théâtre, année 1968 (présence de Madeleine, sœur de Gabriel)

Demain matin, Montréal m'attend, comédie musicale, année 1968 (Édouard)

Il était une fois dans l'est, film, année 1973 (famille de Gabriel)

Albertine, en cinq temps, pièce de théâtre, année 1975, les scènes d'Albertine à soixante ans (famille de Gabriel)

Damnée Manon, sacrée Sandra, pièce de théâtre, année 1976 (famille de Gabriel et Rhéauna)

Des nouvelles d'Édouard, roman, année 1976, le début, la mort d'Édouard (famille de Gabriel)

Les anciennes odeurs, pièce de théâtre, année 1980 (famille de Gabriel et Rhéauna)

Le cœur découvert, roman, année 1981 (famille de Gabriel et Rhéauna)

Albertine, en cinq temps, pièce de théâtre, année 1985, les scènes d'Albertine à soixante-dix ans (famille de Gabriel)

La maison suspendue, pièce de théâtre, année 1990, les scènes entre Mathieu, Jean-Marc et Sébastien (famille de Gabriel et Rhéauna)

Le cœur éclaté, roman, année 1991 (famille de Gabriel et Rhéauna)

Hotel Bristol New York, N. Y., roman, année 1998 (famille de Gabriel)

Le paradis à la fin de vos jours, pièce de théâtre, intemporel (Rhéauna au paradis)

TABLE

Le Ladies Morning Club Junior 11

Un déménagement pas comme les autres 57

Les perles d'un collier cassé 105

Un lourd héritage 153

Peut-être bien une lueur d'espoir 181

Mot de l'auteur 223

OUVRAGE RÉALISÉ PAR
LUC JACQUES, TYPOGRAPHE
ACHEVÉ D'IMPRIMER
EN OCTOBRE 2015
SUR LES PRESSES
DE MARQUIS IMPRIMEUR
POUR LE COMPTE DE
LEMÉAC ÉDITEUR, MONTRÉAL

DÉPÔT LÉGAL
1re ÉDITION : 4e TRIMESTRE 2015
(ÉD. 01 / IMP. 01)

Imprimé au Canada